河出文庫

# 夢の本

ホルヘ・ルイス・ボルヘス
堀内研二 訳



河出書房新社

# 夢の本 LIBRO DE SUEÑOS 目次

# 序

本書中に加えてある「スペクテイター」紙（一七一二年九月）のエッセイの中で、ジョーゼフ・アディソン[*1]は、夢を見ている時、人間の精神は肉体を離れ、それは同時に劇場であり、俳優であり、さらに観客でもあるとの見解を述べている。我々はさらに、精神が己れの見ている物語の作者でもあると付け加えることができる。ペトロニウス[*2]やドン・ルイス・デ・ゴンゴラ[*3]にも同じような表現がみられる。

アディソンの隠喩《いんゆ》を文字通りに読むと、我々は夢がすべての文学ジャンルの中で最も古くて複雑なジャンルをつくり上げているという、危険なほどまでに魅惑的な命題へと導かれる。この好奇心を刺激する命題は、この序文を首尾よく書きあげる上でも、また本書を読む上でも何ら支障とはならず、容易に是認し得るものであり、夢の通史とその文学への影響についての著述を正当化することであろう。種々雑多なものの寄せ集めである本書は、好奇心の旺盛な読者の気晴らしのために編纂《へんさん》されたものであるが、何らかの資料を提供することになるであろう。この仮説的な歴史を通して、オリエントの予言的な夢に始まり、中世の寓意と風刺のこめられた夢、さらにはキャロルやフランツ・カフカの純然たる遊びに至るまでの、このかくも古いジャンルの進展と分化とが考察されることになるだろう。もちろん、眠っている間につくられる夢と、目覚めている時につくられる夢とは、切り離して考えなければいけないだろうが。

読者諸君が再び夢で見るかもしれないような夢の数々を集めたこの本には、夜の夢——これは私が典型的なものと考えるものである——とか昼の夢——これは我々の頭脳の意図的な働きによるものである——さらに出処のはっきりしない夢、たとえば「アングロサクソン族の十字架の夢」のようなものなどが含まれている。『アエネイス』*4の第六巻には、『オデュッセイア』*5からの伝統に従い、夢が我々のもとにやってくる際の神の扉はふたつあると書いてある。ひとつは象牙の扉で、これはいつわりの夢の扉である。もうひとつは角《つの》の扉で、これは予言的な夢の扉であると。詩人が選んだ材料から判断するならば、未来に先んじる夢が、眠っている人間の偶発的な創作であるいつわりの夢ほどはすばらしいものではないことに、詩人が漠然と気づいていたと言うことができよう。

我々が特別の注意を払うにふさわしい夢のタイプがひとつある。悪夢のことだ。これは英語では nightmare、すなわち夜の雌馬という名が与えられており、ヴィクトル・ユゴーに夜の黒馬という隠喩を暗示した言葉であるが、語源学者らによれば、これは夜のつくり話とか寓話に相当する語とのことである。そのドイツ語名詞であるAlpは、夢を見る人を圧迫したり恐ろしいイメージを抱かせたりする、小妖精や夢魔を意味する。ギリシャ語のEphialtesという用語も同じような迷信に由来している。

コールリッジ[*6]は、目覚めている時にはイメージが感情を抱かせ、これに対し夢の中では感情がイメージを抱かせると書いている。（どのような神秘的で複雑な感情が彼に『クビライ汗』を口授したのであろうか？　この作品は夢の贈物であった。）もし虎がこの部屋に入ってきたならば我々は恐怖心を抱くであろう。そして、もし夢の中で恐怖を覚えたならば我々は虎を思い描くことになる。これは我々の怯えのつくり出す幻影であろう。私は今虎と言ったが、恐怖は恐怖を表わすために即興的につくり出される幻影に先んじているものであるから、我々は恐怖をいかなる形象にでも投影することができる。そして、それは目覚めている時において必ずしも恐ろしいものである必要はない。大理石の胸像や地下室、貨幣の片面や鏡であってもかまわない。世界中に恐怖に染まらないようなものなどひとつもない。悪夢の独特な味わいはおそらくはそこにあり、それは現実が我々に感じさせることのできる幽霊とかお化けの類とは異なるものである。ゲルマン系諸国は、ラテン系諸国よりもそのような漠とした悪の待ち伏せに対し敏感であったらしい。eery, weird, uncanny, unheimlich（いずれも不気味なとかものすごいの意）といった翻訳不可能な言葉を想起してみよう。それぞれの言語は自らが必要とするものをつくり出すものだ。

　夜の芸術は昼の芸術の中に入り込んでいった。侵略は幾世紀にもわたり続いた。『神曲』の痛ましいばかりの王国は、おそらく第四の歌は例外であろうが、抑圧された不安感からくる悪夢ではなく、そこは現にむごたらしい出来事の起こっている場所である。夜の教訓は簡単なものではなかった。聖書に出てくる夢は、夢のスタイルをなしていない。それらはあまりに統一的な方法で隠喩のメカニズムを操作している預言である。ケベード[*7]の夢は、プリニウス[*8]の語っているあのキンメリイ人[*9]たちのように、決して夢を見たことのない人の手によりなったもののようだ。そのあとに別の夢がやってくる。夜と昼の影響は相互的なものであろう。ベックフォード[*10]とド・クインシー[*11]、さらにヘンリー・ジェイムズ[*12]とポーは、その根を悪夢に下ろしており、しばしば我々の夜をかき乱す。神話と宗教が同じような起源をもっているということはあり得ないことではない。

　最後にロイ・バーソロミューへの謝意を書き記しておきたい。彼の熱烈なる研究意欲がなかったなら、私にとって本書を編纂することは不可能であったろう。

ブエノスアイレス、一九七五年十月二十七日

J・L・B

＊1―イギリスの随筆家（一六七二～一七一九）。「スペクテイター」紙の創刊者のひとり。
＊2―ガイウス・ペトロニウス・アルビテル。ローマの作家（?～六五）。ネロ帝政下のローマ社会の風俗を描いたピカレスクな長篇小説『サテュリコン』の作者と考えられている。
＊3―コルドバ生まれのスペイン黄金世紀文学の代表的詩人（一五六一～一六二七）。
＊4―ローマの詩人ウェルギリウス作の全十二巻からなる叙事詩。トロイアの英雄アエネアスがトロイア落城後、諸国を漂泊したのちローマを建国する物語。
＊5―ホメロスの作と言われる全二十四巻よりなる叙事詩。トロイア落城後、帰国の途中嵐のために遭難し、十年間の漂流ののち生還するオデュッセウスの物語。
＊6―サミュエル・テイラー・コールリッジ（一七七二～一八三四）。イギリス・ロマン派の詩人、批評家。
＊7―フランシスコ・ゴメス・デ・ケベード（一五八〇～一六四五）。マドリード生まれのスペインの作家。痛烈な社会風刺の作品である『夢』の作者。
＊8―ガイウス・プリニウス・セクンドゥス（二三～七九）。大プリーニウスと呼ばれるローマの政治家、軍人。三十七巻からなる百科全書『博物誌』を著わした。
＊9―ホメーロスにより「世界の西の果て霧と暗黒の中に住む」と歌われた民族。
＊10―ウィリアム・ベックフォード（一七六〇～一八四四）。イギリスの幻想趣味の作家。
＊11―トマス・ド・クインシー（一七八五～一八五九）。イギリス・ロマン派の作家。『阿片常用者の告白』の作者。
＊12―ニューヨーク生まれの作家（一八四三～一九一六）。二十世紀の英米文学に大きな影響を与えた重要な小説家。

# 夢の本

# ギルガメシュ[*1]の物語

三分の二が神で三分の一が人間のギルガメシュは、ウルクに住んでいた。戦士の中にあって無敵の彼は、情容赦《なさけようしや》のない支配を行なっていた。若者たちが彼に仕え、また、彼が乙女を放っておくことはなかった。民は神のご加護を求め、天上の主はアルル（粘土にて最初の人間をつくり上げた女神）に、ギルガメシュに対抗し、かつその民の心を鎮めることのできる生きものをつくるようお命じになった。

アルルはエンキドゥという名の生きものをつくり上げた。それは毛むくじゃらで、長い髪は編んで束ね、毛皮をまとい、獣と共に暮らし、草を食べていた。また、わなを壊し動物たちを救うことにも専念した。ギルガメシュはこのことを知ると、彼の前に裸の乙女をひとり出してやるように命じた。エンキドゥは七日七晩彼女を我がものとし、遂には、かもしかたちにも獣たちにも見違えられるようになってしまった。彼は自分の脚がもはや以前のように軽快ではないことに気づいた。彼は人間に変わってしまっていた。

娘はエンキドゥが美しくなったことに気づいた。彼女は神と女神とが共に鎮座している輝かしき神殿と、ギルガメシュの君臨するウルクの町全体を案内し、彼に見せてあげた。

大晦日《おおみそか》であった。ギルガメシュが神々の縁組の儀式の準備をしているところにエンキドゥが現われ、彼に戦いを挑んだ。民はびっくりしたが、救われたという思いがした。

ギルガメシュは先に夢を見ていた。満天の星の下に立っていると、天から彼の上に投げ槍が落ちてきて、それを抜き取ることができない。そのあと巨大な斧が町のまん中にはめ込まれるという夢であった。

彼の母親は、夢がより強力な男の到来を予言しており、後には彼がその男の親友になるであろうと言った。彼らは戦い、ギルガメシュはエンキドゥによって地面に投げ倒された。エンキドゥは相手がうぬぼれの強い暴君などではなく、ひるむことを知らぬ勇者であることに気づいた。彼は相手を抱き起こし、抱擁し、ふたりは友情を交した。

冒険心の持ち主であるギルガメシュは、エンキドゥに聖なる森の杉の木を切り倒すことを提案した。「容易なことではない」とエンキドゥは答えた。「怪獣フンババが番をしているから。声は雷鳴のごとくにして、そのひとつ目は見つめる者を石に化してしまう。鼻からは焔《ほのお》を吹き出し、その息は厄病を吐き出すのだから」

「ギルガメシュが斃《たお》れた日に何をしていたかと息子たちに訊かれたら、どう返答するつもりかね？」

エンキドゥは納得した。

ギルガメシュは長老たち、太陽神、さらに自分の母親である天の女王ニンスンにその計画を伝えたが、皆は不賛成であった。わが子の強情なことを知っているニンスンは太陽神に息子を守ってくれるよう願い出て、それを受け入れられた。それから彼女はエンキドゥを護衛に任命した。

ギルガメシュとエンキドゥは杉の山に着いた。彼らは眠気に襲われた。

ギルガメシュは次のような夢を見た。山が自分の上に崩れ落ちてきたが、その時ひとりの凜々《りり》しい若者が下敷きの彼を救い出し、手を貸し助け起こしてくれるというものであった。

エンキドゥは言った。「我々がフンババを倒すことは明白ですよ」

エンキドゥは次のような夢を見た。天が鳴《な》り轟《とどろ》き、大地が揺れ、暗闇が支配し、雷が落ち、火事が起こり、天からは死の雨が降ってきたが、ようやく鎮まり、火は消え、落雷は灰と化した。

ギルガメシュには、それが不幸のお告げだということがわかったが、エンキドゥを誘い、計画を続行した。杉の木を一本切り倒すとフンババが飛び出してきた。生まれて初めてギルガメシュは恐怖を覚えた。しかし、ふたりの友人は怪獣をうち倒し、その首を切り落とした。

ギルガメシュは埃《ほこり》を払い、玉衣をまとった。女王イシュタルが現われ、富と快楽を思いのままにさせてあげるからと言って、彼に自分の恋人になるよう求めた。しかしギルガメシュは、タンムズを始めとして数多くの恋人たちを殺してきたイシュタルの陰険さと冷酷さとを知っていた。恨みを抱いたイシュタルは、父親に天の雄牛を地上に投げ下ろしてくれるよう求めた。そして、聞きとどけてくれぬなら、地獄の扉をうち壊し、死者に生者をうち負かさせてやると言って脅した。

「雄牛が天国から下りていったら、七年間、悲惨と空腹とが地上を蔽《おお》うことになるが、このことを知っているのか？」

イシュタルは、はいと答えた。

すると雄牛が地上に投げ下ろされた。エンキドゥはその角をつかんでひねり倒し、首に剣を突き刺した。彼はギルガメシュと共にその心臓をつかみ出し、それを太陽神に捧げた。

ウルクの城壁から、イシュタルはその戦いを見ていた。彼女は稜堡《りょうほ》を飛び越え、ギルガメシュに呪いの言葉を投げかけた。エンキドゥは雄牛の尻をひきちぎり、女神の顔に投げつけた。

「お前さんにも同じようにしてやりたいものだ！」

イシュタルは敗北し、民は天の雄牛を退治した者たちを歓呼で迎えた。しかし、神々を愚弄することはたやすいことではない。

エンキドゥは夢を見た。神々が寄り集い、フンババと天の雄牛の死の件に関し、彼とギルガメシュとどちらの罪が重いかについて討議していた。罪の重い方は殺すということであった。意見の一致がみられなかったので、神々の父であるアヌーは、ギルガメシュはフンババを殺しただけでなく杉の木を切り倒したと言った。討議は荒れ、神々は互いにののしり合った。エンキドゥは裁定を知らぬまま目を醒《さ》ました。自分の見た夢をギルガメシュに話して聞かせ、その後に続いた長い不眠の間、何の心配事もなく過ごした獣の生活を思い出した。しかし、自分を慰める声が聞こえてきたかのように思われた。

数日後の夜、彼は再び夢を見た。大きな声が天から地上に轟いてきて、獅子の顔をし鷲の翼と爪を持った恐ろしい怪獣が彼をつかみ、虚空へと連れ去っていった。彼の腕には羽根が生え、彼を連れ去ったものに似はじめてきた。彼は自分が死に、ハルピュイアが再び戻ることのできない道を通り、自分を運んできたことを知った。彼らが暗黒の宮殿に着くと、地上において身分の高かった人たちの霊魂が彼を取り巻いた。

それらは羽根の翼を持った、肢体のなえている悪魔で、残《のこ》り滓《かす》を糧《かて》としていた。地獄の女王は閻魔帳《えんまちょう》を読み、死者たちの前歴を調べていた。

彼が目を醒ました時、ふたりの友は神々の裁定を知った。ギルガメシュは親友の顔を婚礼用のベールで覆い、深い悲しみのうちに、いま自分が死の顔を見たと思った。

地の果てにある、ある島にウトナピシュティムが住んでいた。彼は非常に老齢で、死をまぬがれることのできた唯一の人間であった。ギルガメシュは彼を捜し、永遠の生命の秘密を教えてもらおうと思った。

彼はこの世の果てに着いた。そこでは非常に高い山がその対の頂を天空にそびやかしており、その根を地獄の底に沈めていた。門は、半分は人間、もう半分は蠍《さそり》の姿をした恐ろしい獰猛《どうもう》な怪獣たちが番をしていた。彼は意を決して進み出で、自分はウトナピシュティムを捜しに行こうとしているのだと怪獣に告げた。

「誰も彼のもとには行けないし、永遠の生命の秘密も知り得ない。我々は太陽の道の番をしているが、何人《なんぴと》たりとも渡ることはできない」

「私は渡ってやる」とギルガメシュが言うと、怪獣たちはこれは並々ならぬ人間だと知って彼を通らせた。

ギルガメシュは奥深く入っていった。地下道はますます暗くなっていったが、ようやく顔に風が当たり、光がほのかに見えた。その光のもとに着くと、そこは魅惑的な庭園で宝石がきらめいていた。

太陽神の声が彼のもとに届いてきた。彼が快楽の園にいて、神々がこれまでいかなる人間にも与えたことのない恩恵に浴しているのだと。「それ以上のものを得ようと望むものではない」

しかし、ギルガメシュは楽園の彼方へと先へ進んで行き、へとへとになり、やっと宿屋に辿り着いた。宿のおかみのシドゥリは彼を放浪者と取り違えたが、旅人は素性を明らかにし、その目的を語って聞かせた。

「ギルガメシュ、捜しているものは決して見つからないですよ。神々は人間をお創りになる時、宿命として死をお授けになりました。人間にはあらかじめ寿命というものが決められているのですよ。いいですかね、ウトナピシュティムは死の大海のはるか彼方の島で暮らしているのです。もっとも、ここには彼のお抱えの船頭ウルシャナビが泊っていますが」

ギルガメシュが是非ともと頼み込んだので、ウルシャナビは彼を連れていくことに同意したが、どんなことがあっても決して海水に触れてはならぬと忠告した。

百二十本の棹《さお》が用意されたが、ギルガメシュは帆としてその衣服を使用しなければならなかった。

到着すると、ウトナピシュティムは彼に言った。

「若者よ、地上には永遠のものなど何もない！　蝶《ちょう》はたった一日の命だよ。あらゆるものにはその寿命というものがある。だが、これからわしの秘密を語って聞かせよう。これは神々だけがご存じのことなのだが」

彼は大洪水の話を語って聞かせた。心の温かいエアが前もって洪水を知らせてくれたのだ。ウトナピシュティムは方舟《はこぶね》をつくり、自分の家族と動物たちと共にそれに乗り込んだ。暴風雨の中を七日間航海した後、方舟はある山の頂に坐礁した。彼は水が引いたかどうか調べようと鳩をとき放った。しかし、鳩は止まる場所が見つからず引き返してきた。燕《つばめ》の場合も結果は同じだった。しかし鴉は戻ってこなかった。彼らは下船し、神々にお供え物をした。だが風の神がふたたび彼らを乗船させ、永遠に暮らすようにと今いる場所へ導いたのだった。ギルガメシュは老人が何ら授けるべき処方を持っていないことを悟った。彼は不滅だが、それはただただ神々の唯一の恩恵によるものであった。ギルガメシュの捜していたものは墓のこちら側では見つかるものではなかった。

別れを告げる前に老人は英雄に、どこで薔薇色のとげをした海星《ひとで》を見つけることができるかと尋ねた。それを味わう者には新たなる若さが授けられるというのであった。ギルガメシュは海の底からそれを手に入れたが、疲れを癒しているすきに蛇がそれを盗み取り、食べてしまい、蛇は古い皮を脱ぎ、若さを取り戻した。ギルガメシュは自分の運命がほかの人間たちの運命と違っていないことを知り、ウルクへと帰っていった。

紀元前二〇〇〇年のバビロニアの物語より

＊1――メソポタミアの世界最古の叙事詩の英雄。

# 宝玉の果てしない夢

宝玉《ほうぎょく》は自分の屋敷の庭とまったく同じ庭にいる夢を見た。ぼくの庭と同じものがあるなんてあり得ることだろうか？　と彼は言った。女中たちが彼に近づいてきた。宝玉は呆然としてひとり言を言った。襲人《しゅうじん》や平児《へいじ》、その他わが家のすべての女たちと同じ女中をもっている人がいるのだろうか？　女中たちのひとりが叫んだ。「あそこに宝玉様がいらっしゃるわ。どうやってここに来られたのかしら？」宝玉は彼女らが自分が誰なのかわかったのだと思った。彼は進んで行って彼女らに言った。「散歩していたんだ。そしたら偶然ここに辿り着いたんだよ。一緒にちょっと散歩しようか」。女中たちは笑った。「なんていう見当違い！　あたしたち、あなたをご主人の宝玉様と取り違えておりましたわ。でも、あなたはあのお方ほど凛々しくはございませんものねえ」。彼女らはもうひとりの宝玉の女中たちであった。彼は言った。「ねえ、みんな、ぼくは宝玉というが、みんなの主人はどなたかね？」「宝玉様ですよ」と彼女らは答えた。「あのお方のご両親が、宝と玉のふたつの漢字からなるその名前をお付けになったのですわ、あのお方の一生が長くて幸せなものになるようにと。あの方の名前を横取りするなんて、あなたは誰なの？」こう言ってから、彼女らは笑いながら立ち去った。

宝玉はしょげ返ってしまった。「こんなひどい仕打ちを受けたのは初めてだ。あの女中たちはどうしてぼくを嫌悪するのだろうか？　本当にもうひとりの宝玉がいるのだろうか？　調べてみなければなるまい」。このような思いにとりつかれていると、彼はよく知っている中庭に着いた。石段を登り、自分の部屋に入った。若者が横になっているのが見えた。寝台の横では、若い娘たちが数人笑いながら縫物をしていた。若者は溜息をついていた。女中のひとりが尋ねた。「どんな夢をごらんになって、宝玉様？　お苦しいの？」「とても奇妙な夢を見たんだ。夢の中で自分が庭にいて、お前たちはぼくのことを知らないと言うし、ひとり後にとり残されてしまったんだよ。後を追って家まで来ると、別の宝玉がぼくのベッドで眠っているのに出喰わしたんだ」。この対話を聞くと、宝玉は黙っていられなくなり叫んだ。「ぼくは宝玉とやらいうものを捜しに来たんだが、あなたでしたか」。若者は起き上がり、彼を抱擁《ほうよう》し叫んだ。「夢ではなかった。あなたは宝玉だね」。庭から「宝玉！」と呼ぶ声がした。ふたりの宝玉は身震いした。夢の中の男は立ち去った。もうひとりが言った。「早く戻ってこいよ、宝玉！」宝玉は目を醒ました。女中の襲人が尋ねた。「どんな夢をごらんになって、宝玉様？　お苦しいの？」「とても奇妙な夢を見たんだ。夢の中で自分が庭にいて、お前たちはぼくのことを知らないと言うし……」

曹雪芹[*1]『紅楼夢』（一七五四頃）より

＊1――自伝的要素の強い長篇小説『紅楼夢』で名高い、中国・清代の作家（一七一五頃〜六三頃）。

## 神、ヤコブ[*1]の息子ヨセフ[*2]の運命を、また、彼を媒《なかだち》として、イスラエル一族の運命を定める

イスラエル[*3]はヨセフが年寄り子であったから、他の息子たちよりも深くこれを愛し、彼に長袖の衣をこしらえてやった。兄弟たちは父親が自分たちよりも彼を愛するのを見て、彼を憎むようになった。そして穏やかに彼と話すことができなくなった。ヨセフは夢を見て、これを兄弟たちに語って聞かせたが、それは彼らの憎悪を増大させた。彼はみんなにこう言った。「もしよかったら、私の見た夢を聞いて下さい。私たちみんなが畑で束《たば》を結わえていると、私の束が身を起こし立ち上がり、みんなの束がそれを取り巻き、私の束の前でおじぎをし、崇《あが》め奉っていたのですよ」。兄弟たちは言った。「それはお前が私たちみんなの上に君臨し、私たちを治めるということかね？」そうして、これまで以上に彼のことを憎んだ。ヨセフは別の夢を見て、これを兄弟たちに語って聞かせた。「聞いて下さい。また夢を見ました。太陽と月と十一の星が私を崇めているのが見えたのです」。彼がその夢を父親に話すと、父親は息子を叱責した。「お前の見た夢は一体何事だ。わしとお前の母とお前の兄弟たちがお前の前にひ

れ伏すようになるだと？」兄弟たちは彼のことを妬んだが、父親はこのことを心の中に深くおさめた。

『創世記』第三十七章三－十一節より

＊1―イサクの次男で、双児の兄エサウより相続権を買う。別名イスラエル。
＊2―ヤコブとラケルの間の子供。兄弟たちに妬まれ、エジプトの地に奴隷として売られるが、後に高官となる。イスラエル十二支族の祖。
＊3―天使との格闘の後ヤコブにつけられた綽名。

## ヨセフとエジプト王の給仕役の長と料理役の長

エジプト王の給仕役の長と料理役の長とが獄につながれていた。彼らは同じ日の夜に夢を見た。それぞれが自分の夢を見、違った内容の夢であった。朝になり、ヨセフは彼らが憂い顔なのを見て、牢仲間に訊いた。「なぜ浮かない顔をしているのですか?」彼らが答えて言うには、「私たちは夢を見たのだが、夢判断をしてくれる人がいないのだ」ということであった。ヨセフは彼らに言った。「夢判断は神によるものではないだろうか。もしよろしかったらその夢をお聞かせ下さい」。給仕役の長はこう語った。「私の夢には葡萄《ぶどう》の木が現われ、その三本の蔓《つる》が芽を伸ばし花を咲かせ、葡萄の房を実らせていた。私の手には王の杯があった。私は房をもぎ取り、杯の中にそれをしぼり、王の御手に差し出した」。ヨセフは言った。「三本の蔓とは三日のこと。三日後に王はあなたの頭を上げさせ、もとの地位に復職させて下さるでしょう。万事がうまくいった時に私のことを思い出しましたら、どうか王に私のことを言って、この牢から出させて下さい。なぜなら、私はヘブライ人の地よりさらわれてきた者で、牢に入れられるようなことは何もしてはいないのですから」。料理役の長はヨセフがみごとに夢判断をしたのを見て、彼に言った。「ここに私の見た夢がある。私は頭に白パンの籠を三つのせていた。一番上の籠には料理役たちが王のためにつくったさまざまな食物があった。しかし鳥がそれを喰《く》ってしまったのだ」。ヨセフは答えた。「三つの籠は三日のこと。三日後に王はあなたの首を刎《は》ね、あなたを木に吊し、鳥がその肉を喰うでしょう」。それから三日目、それは王の誕生日であった。王は祝宴を催し、給仕役の長を元の地位に復職させ、料理役の長は木に吊させた。しかし、給仕役の長はヨセフのことを思い出さなかった。

『創世記』第四十章五－二十三節より

## ヨセフ、エジプト王の夢判断をする

二年後、エジプト王は夢を見た。ナイル川のほとりに立っていると、川から美しいよく肥えた七頭の牛が登ってきて、川岸の青草を食べ始めた。しかし、また醜くて痩《や》せ細《ほそ》った七頭の牛が同様に登ってきて、先の牛たちを喰ってしまった。ここで王は目覚めたが、再び眠り込んだ。次に見た夢では、同じ一本の小麦の茎から出てきた、実もたわわの美しい七本の穂が出てきて、実もたわわの美しい穂が見えた。しかし、そのあとから東風に焼かれ痩せた七本の穂が出てきて、実もたわわの美しい穂をむさぼり喰《く》ってしまった。朝になり、心の安らかならぬ王は家臣たちを集め、夢に見たことを話して聞かせた。しかし誰にも夢判断をすることができなかった。給仕役の長は自分の過ちを思い出し、完璧な夢判断を行なう囚われのヘブライ人の若者のことを王に話した。王はヨセフを呼んでくるように人を遣わし、ヨセフは直ちに牢から出された。髭をそり、衣を着換え、王のもとに出た。「私はそなたのことを聞いたが、夢の話を聞くとその解明《ときあ》かしをするそうだな」。ヨセフは答えた。「私ではありません。王にとって好ましい解明かしをなさるのは神でございましょう」。王は彼に夢を話して聞かせた。ヨセフは言った。「王の夢はただひとつです。神は行なおうとしていることを王にお示しになったのです。七頭の美しい牛とは七年のこと、また七本の美しい穂も七年のことです。七頭の痩せた牛は七年のこと、また七本の枯れた穂も七年のことです。七年の大豊作がエジプト全土にやってまいりましょう。そのあと七年の飢饉がやってきます。王が二度繰返して夢をごらんになったことは、取り急ぎこれを行なおうという神のご意志を表わしております」。そのあとで、彼は王に、政庁の筆頭に賢者を配し、七年の飢饉を軽いものとさせるために、七年の豊作のうちから蓄えておくように提言した。王はその夢判断が正しいと思った。彼はヨセフを総督に任命し、自分の指輪と麻の白衣と金の首飾りを彼に与えた。王はヨセフの名をザフナテ・パネアと呼び、妻としてオンの祭司ポテペラの娘、アセナテを与えた。

『創世記』第四十一章一－四十五節より

## 神、夢を通してその僕《しもべ》たちと話す

「私の言葉を聞くがよい。もしお前たちのうちに預言者がいるなら、私はその者に幻となって現われ、夢の中で彼に語りかけよう」(『民数記』第十二章六節)。ギデオン[*1]が到着した時、ある男が仲間に自分の見た夢を話して聞かせていた。「ミデアン[*2]の陣営に大麦パンがころがって行き、天幕にぶつかり、これを引きずり倒したのだ」。仲間は彼に言った。「それはギデオンの剣に他ならない。神はミデアンとそのすべての軍勢を彼の手に委ねられたのだ」(『士師記』第七章十三－十四節)。ユダ[*3]は一族の者たちに異教徒の攻撃を恐れないよう説いて聞かせていた。何よりもすっかり信用することのできる次のような話が一同を喜ばせた。祭司長であったオニアスは温良で高徳で、物腰は柔らかく、上品な言葉遣いの人で、幼少の頃からあらゆる美徳を修めてきたが、その彼がユダヤの全住民のために両腕を広げて祈りを捧げていると、彼の前に白髪で輝くばかりの威厳をたたえたもうひとりの高徳の士が現われた。オニアスは言った。「このお方はその兄弟たちを愛し、民と聖都のために深い祈りを捧げている人、神の預言者エレミヤです」[*4]。エレミヤは右手でユダに黄金の剣を差し出して言った。「神の贈物であるこの聖剣を取り、それでもって敵を打ち破りなさい」（『マカバイ記下』第十五章六－十六節）

＊1―イスラエルの士師。紀元前十二、十一世紀にわたりミデアンの一族と戦い、イスラエル民族をその圧迫から解放した。
＊2―アブラハムとケトラの間の子供。ミデアン族の祖。
＊3―ヘブライの族長、ヤコブの第四子。ユダ族の祖。
＊4―イスラエルの四大預言者のひとり（前六五〇頃～五八〇頃）。

## ダニエル[*1]とネブカドネザル王[*2]の夢

### 像の幻

ネブカドネザル王の御代の第二年に、王は心のゆさぶられるような夢を見たが、目覚めた時どんな夢だったか思い出せなかった。そこで、博士、占星術師、幻術師、さらにカルデア人を呼び出し、彼らに夢の解明かしを行なうよう求めた。カルデア人は知らないことの解明かしはできないことを指摘した。ネブカドネザル王が誓って言うには、もし彼らが自分に夢を示さず、またその夢判断をしないなら、彼らをばらばらに切り刻み、その家は堆肥場《たいひじょう》に変えてやると、だが、もし言う通りのことをするならば、褒美《ほうび》と多くの栄誉とを得るであろうということであった。彼らは夢を知ることも夢判断をすることもできず、王はバビロニアの賢者たちすべてに死刑の判決を下した。その判決はダニエルとその仲間たちにも及んだ。ダニエルは刑の執行の一時の猶予を願い出て、これを許された。彼は家に帰り、天上の神にこの秘密についての啓示を求めてくれるよう仲間たちに頼んだ。秘密は夜の幻のうちにダニエルに示された。彼はネブカドネザル王（王は彼のことをベルテシャザルと呼んでいた）のもとに赴き、次のように言った。王のお求めになっていることは賢者も占星術師も博士もうらない師も見つけ出すことのできない秘密です。しかし、天上には秘密を啓示する神がおわしまして、後の日に起こることをネブカドネザル王にお告げになっております。あなた様が床の中でごらんになった夢幻は次のようなものです。王よ！　あなた様は非常に巨大で異様なほどの輝きを放つひとつの像をごらんになっていたのです。それはあなた様の御前に立ち、その形相は恐ろしいものでした。頭は純金、胸と両腕は銀、腹と腰は銅、両脚は鉄、足の先は一部は鉄、一部は粘土でできていました。あなた様が見ている前で、一個の石が飛んできて（これは人の手によるものではありません）像の足に当たり、像を砕いてしまいました。鉄と粘土と銅、銀と金はこなごなに砕け、夏の脱穀場のもみがらのごとくになり、風に吹かれて飛び散り、跡形もなくなってしまいました。一方、石は山に変わり、地上全体を蔽い尽くしました。夢はここまでです。次に夢判断をお聞き下さい。王よ！　あなた様は諸王の王です。天上の神が王国と力と権勢と栄誉とをあなた様にお授けになったのですから。神はあなた様の御手に、いたる所に住まう人の子らをお託しになりました。さらに野の獣、空の鳥も。そして、あらゆるものに対する主権をお与えになりました。あなた様は黄金の頭です。あなた様の後にはその王国よりも小さい王国がひとつ現われるでしょう。さらにその後には銅の国が現われ、地上を支配することでしょう。第四の王国があります。鉄のように強靭で、それはあらゆるものを打ち砕くことでしょう。足と指が一部は粘土で、また一部は鉄でできているのをごらんになったということは、この王国が分裂するということです。しかも、それはごらんのように粘土と混じり合った鉄のもろさを内に秘めています。人間の縁組は混じり合いはしますが、粘土と鉄がはり付かないように、それらは合体することはありません。それらの王たちの御代に、天上の神は決して滅びることのない王国をおつくりになり、それは永遠に続き、他の王国のすべてを打ち砕くことでしょう。これがあなた様のごらんになった、人の手を借りずに山から落ちてきて、鉄と銅と泥と銀と金を打ち砕いた石の意味するものです。神は王にこれから起こるであろうことをお知らせになったのです。夢はまことで、夢判断も確かなものです。ネブカドネザル王はダニエルに栄誉を与え、秘密の啓示を行なわれた神々の中の真の神にして王侯たちの主の存在を認めた。

『ダニエル書』第二章一 - 四十七節より

## 樹の幻

私、ネブカドネザルは自分の宮殿にて幸せに暮らしていたが、ある時夢を見て恐懼《きょうく》してしまった。バビロニアの賢者たちが夢の解明かしをすることができなかったので、私は自分の神の名にちなみベルテシャザルと呼ばれる博士たちの長ダニエルを、私の前に召し出させた。私は床にあった時に見た心の幻を次のように彼に説明した。大地のまん中に一本の樹が見えたが、それはとてつもなく高く、非常に強靭で、その頂は天上に達しこの世のすみずみから見ることができた。葉の茂みは美しく、豊富な果実をつけ、あらゆるものを養っていた。その時、警護をするあの聖者たちのひとりが天から下りてきて私に次のように叫んだ。樹を倒し、その枝を切り落とし、葉をふり払い、その実をまき散らし、樹の下から獣を、その枝から空の鳥を退散させよ。ただし、地には幹をその根共々残しておき、鉄と銅の鎖でしばり、野の青草の中に置き、露にぬれさせ、獣と同じように地の草を己れの分となさしめよ。その樹から人間の心を取り去り、獣の心を与え、そうして七つの時を経さしめよ。この判決は天の警護者たちの裁定であり、聖者たちの決議であり、至高者が人間の王国の主であり、御意にかなうものにこれを与え、最も身分の卑しい人間をその上にお立てになるということを、生きとし生けるものに知らしめるためのものである。

ダニエルは呆然とし、その思考も乱れた。彼は次のように言った。わが主君よ、願わくば夢があなた様の敵に向けられ、また夢の解明かしがあなた様の敵対者のためのものになりますよう。あなた様のごらんになった樹は、王よ！　大きく強大になった者、その偉大さが増大し、天上にも達するようになった者、そして、その支配が地のすみずみまで広がった者、すなわちあなた様ご自身のことです。しかし、あなた様は人間の間から放り出され、野の獣たちの中で暮らすことになり、牛と同じように食物には草があてがわれ、空の露に濡れ、七つの時を経たのち、至高者が人間の王国の主であり、御意にかなう者にこれを与えるということがようやくおわかりになります。幹を切り株の所に残しておくということは、天が支配者だということをあなた様が悟る時まで、あなた様の王国が残っていることを意味します。それゆえに、王よ！　どうか私の助言をお聞き入れ下さい。ご自分の過ちを正義でもって、また、その不安を貧者たちへの憐みでもって贖って下さい。そうすればおそらくあなた様の幸せは、末長く続くことでございましょう。

王ネブカドネザルはこのことすべてを果たした。

『ダニエル書』第四章一－二十五節より

＊1―紀元前六世紀のヘブライの預言者。
＊2―バビロニアの王ネブカドネザル二世（在位前六〇五～五六二）。前五八六年、エルサレムを破壊し、ユダヤ人を虜囚とした。

# モルデカイの夢[*1]

アルタクセルクセス大王[*2]の御代の二年、ニサンの月の朔《ついたち》に、ベニヤミン族のキシの曾孫、シメイの孫、ヤイルの子のモルデカイは夢を見た。彼はスサの町に住むユダヤ人で、王宮に仕える高官であったが、バビロニアの王ネブカドネザルの捕虜となり、ユダヤの王エコニヤと共にエルサレムから移送された虜囚たちのうちのひとりであった。彼の見た夢は次のようなものである。彼は地上における叫び声と騒ぎ、雷鳴と地震、さらに大混乱の夢を見た。まさに互いに襲いかかろうとしている二頭の巨大な竜が、強烈なうなり声をたてていたのだった。その声を聞いて、地上の諸族は、正義の人々の国を襲撃する目的で、戦闘の準備を行なった。その日は地上においては暗黒と暗闇、悲嘆と苦痛の日であり、また汚辱と大混乱の日であった。正義者の国全体はそれらの悪に対する恐怖のあまり混乱し、滅びる覚悟をし、神にむかって哀願していた。彼らの哀号に、小さな泉がなみなみと水をたたえた大河となり、小さな灯りが現われ太陽となり、身分の卑しい者たちが称揚され栄光にみちたものたちをむさぼり喰った。

モルデカイは神が執行されようとしたことを見たあと起き上がり、それを心の内にしまっておいた。

『エステル記』第十一章一－十一節より[*3]

その後、モルデカイはその夢がまさしく主のもとから来たものであるということを事実により知った。すなわち、河はエステルであり[*4]、二頭の竜はモルデカイとハマン[*5]、諸族とはユダヤの名を絶やそうと集まった民族、神に哀願し無事保護された人々はイスラエルの民であった。（『エステル記』第十章五－九節より）

＊1―ペルシア王アハシュエロスの王妃エステルの叔父にあたるユダヤ人で、ハマンのユダヤ人皆殺しの計画をエステルに知らせ、これを救った。

＊2―アケメネス朝ペルシア王クセルクセス一世の息子アルタクセルクセス一世（在位前四六五～四二四）。

＊3―この部分及び次の部分は『エステル記』正典にはみられない。これらは旧約外典『エステル記への付加』によるものである。なお正典では、ペルシア王はアルタクセルクセスではなくアハシュエロスになっている。

＊4―ペルシア王アハシュエロスのユダヤ人王妃。

＊5―アハシュエロス王の大臣。ユダヤ人を皆殺しにしようとしたが、エステルによりその計画を妨げられた。

# アビメレク[*1]の夢

アブラハム[*2]はネゲブの地に向けて出発し、ゲラルに住み、妻サラのことを「これは自分の妹だ」と言っていた。ゲラルの王アビメレクはサラを召し出すよう命じたが、夜の間に神が夢枕に立ち彼に言った。「よいか、そなたは自分が召し入れた女人がもとで死ぬことになろう。なぜなら彼女は夫のある身だから」。アビメレクはまだ彼女に近づいてはいなかったので、次のように答えた。「主よ、そのようにして罪なき人を殺し給うのですか？　あの男がこれは自分の妹だと言わなかったでしょうか？　私は穢れのない心と清浄な手でもってこのことを行なったのです」。「わかっている。だからこそそなたがわが意にそむく罪を行ない、彼女に触れることを容認しなかったのだ。あの女人を夫のもとに返すがよい。あの男は預言者だから、そなたが生きられるようそなたのために祈念を行なってくれるだろうから。もしこのことを行なわなければ一族の者すべてと共に死ぬことになるから覚悟するがよい」。朝になり、アビメレクがその夢を僕《しもべ》たちに話して聞かせると、彼らは恐怖にとらわれた。王は羊と牛と下男下女を取って、これらをアブラハムに与え、サラを彼のもとに帰し、次のように言った。「私の土地がそなたの前にある、何処なりと好きな所に住むがよい」

『創世記』第二十章一 - 十五節より

＊1—紀元前十九世紀のペリシテ人の王子、ゲラルの王。
＊2—ヘブライの族長、ユダヤ人の始祖。イサクの父。

# ヤコブの夢

ベエルシバからハランへと向かう途中、ヤコブは夢を見た。夢の中には梯子《はしご》が現われ、それは大地に立ち、その頂は天上に接し、それをつかい神の使者が登り下りしていた。「私はそなたの祖父アブラハムの神にしてイサクの神ヤハウェである。そなたが今横たわっている地をそなたとその子孫に与えよう。そなたの子孫は地の塵芥のごとくなり、東に西に、北に南に広がっていくことになろう。そして、地上の諸族はそなたとその子孫により祝福を受けることであろう。私はそなたと共にある。そなたがどこへ行こうと祝福を与えよう。そして、再びそなたをこの地に連れ戻そう。そなたに今言ったことが成就するまでは、私はそなたを見捨てない」。ヤコブは目を醒まし、自らに言った。「ヤハウェはまさしくこの所におられるが、私は気づかなかった」。さらに震えながら付け加えた。「ここはなんと畏れ多いところか！　神の住処にして天国の門に他ならないのだから」

『創世記』第二十八章十－十七節より

## ソロモンの夢

ソロモン王はギベオン[*1]の祭壇に一千の燔祭《はんさい》を捧げた。ヤハウェが彼の夢枕に立ち、彼に言った。「何なりと好きなものを願うがよい」。ソロモンは答えた。「ヤハウェよ！あなたは僕《しもべ》であるこの私が、どこから入るべきかも、どこから出るべきかもわからないほんの子供でしかないのに、私の父ダビデに代わり王位につけて下された。あなたのこの僕《しもべ》に、数限りない民を裁き、善悪を見分けることのできる分別のある心をお与え下さい」。ソロモンの願いは主を喜ばせた。「そなたが私にそれを求めたこと、即ち、己れの長寿とか富とか敵の命でなく、正義を行なうための判断力を求めたがゆえに、そなたの願ったものを与えよう。後にも先にも並ぶもののない知識と知性を備えた心を与えよう。さらに、そなたが求めなかったものも添えてあげよう。即ち、そなたの生きている間、そなたと比べうる者は誰もいないような莫大な富と栄誉とを授けよう。もしそなたの父ダビデが行なったと同じように私の道を歩むものなら、そなたの寿命を長いものにしてあげよう」。ソロモンは目を醒ますとエルサレムに帰り、ヤハウェの契約の箱の前に行き、燔祭と感謝のいけにえを捧げ、そのすべての僕《しもべ》のために饗宴を行なった。

『列王紀上』第三章四－十五節より

＊1――パレスチナの古都名。

## 夢のむなしさ

分別の無い者の期待はむなしく、いつわりの多いもの。夢に心を奪われたる者は影をつかもうとしたり、風を追いかけようとする人のようなもの。夢を見る人は、自分の前に自分の顔をおく人のようなもの。すなわち、自分の顔の前にあるのは鏡に映った自分の姿。不浄なものから清浄なものが出てこようか？ また嘘から真《まこと》が出てこようか？ うらないや予言や夢はむなしいもの。汝の望むもの、それが夢で見るものである。至高者が使者をつかい送り届けるものでなければ、ゆめゆめ夢に心を奪われることなかれ。

『ベン・シラの知恵』第三十四章一－六節より

# 慎しみについて

神の御前にあっては軽々に言葉を言ってはならぬし、汝の心がむやみに言葉を発するようであってはならぬ。なぜなら、神は天上に、そして汝は地上にいるからだ。仕事の多さから夢は生じ、言葉の多さから暴言は生じるものである。

『伝道の書』第五章一－二節より

## 預言者の幻

### 四頭の獣

バビロニアの王、ベルシャザル[*1]の元年にダニエルは床の中で夢を見、脳中に幻を見た。直ちにその夢を書き記した。

私は見た、大海に天の四方の風が吹き荒れ、海中より四頭の異なった獣が出てくるのを。第一の獣は鷲の翼を持った獅子のごとくであった。そのものは翼をもぎ取られ、人間のように二本足で立ちあがり、そして、人の心が与えられた。第二の獣は熊のごとくにして、歯の間に三本の肋骨《ろっこつ》をくわえていた。そのものに対し声がかけられた。立て、そして多くの肉を喰らえと。第三の獣は豹《ひょう》に似ており、背中には四つの翼があり、さらに四つの頭がついていた。そのものは主権を与えられた。第四の獣はとてつもなく強力で、恐ろしくて見るのもいやになるほどで、大きな鉄の歯を持っていた。むさぼり喰い、嚙《か》みつぶし、残滓《ざんし》は足で踏みつぶしていた。このものは先のものたちとは大いに異なっていた。十本の角を持ち、その間から別の小さな角が一本生え、これにより先の角のうち三本は抜けてしまった。新しい角には人間の目と傲慢《ごうまん》な話し方をする口とがついていた。

## 長老と審判

その時、玉座がもうけられ、雪のように白い衣と髪をし、多くの齢を経たひとりの長老がそれにすわった。玉座は焔を上げており、車輪は燃えあがる火でできていた。一筋の火の流れが彼の前より出ていた。彼には千々の人が仕え、さらに万々もの人が列席していた。審判が始まり、書物が開かれた。例の角がこの上なく傲慢なもの言いを続けているが故に、私は第四の獣を眺め続けていたが、そのものは殺され、その屍体は火の中に投げ込まれた。その他の獣からは主権が剝奪《はくだつ》されたが、その命は一定期間の延命を受けた。

## 人の子

私が夜の幻の中で眺め続けていると、人の子のようなものが雲に乗ってやって来るのが見えた。そのものは長老のもとまで行き、御前に通された。彼は主権と栄光と王国とを授けられた。また、すべての民と言語と民族とが彼に仕え、その主権は永遠の主権で、尽きることがなく、その王国は決して消滅することのない王国であるとされた。

私は頭の中がこの上なく混乱した。幻が私の平静をかき乱したのだ。私は列席者のひとりのところまで行き、このことすべてに関する真実を話してくれるよう求めた。四頭の獣は地上にて国を興すであろう四人の王。後には至高者の聖徒たちが王国を受け、幾世紀にもわたりこれを保持するということであった。私はさらに第四の獣について知りたいという好奇心を抱いた。大言壮語する角は聖徒たちに戦いを仕掛け、これを打ち破り、ついには長老が裁きを行ない、聖徒たちが王国をわがものとする時がやってきた。

## 第四の王国

彼は私に次のように語った。第四の獣は地上における第四の王国で、これは他の王国と異なり、全世界を粉砕するであろう。十本の角とはその王国に現われるであろう十人の王のことであり、最後に現われる王は先の王たちとは異なり、それらのうちの三人を倒すであろう。彼は至高者に対し傲慢な言葉で話し、その聖徒たちを苦しめ、時と律法とを変えようとするであろう。聖徒たちは、ひと時と、ふた時と、さらに半時の間、そのものの支配下に身を委せるが、審判により彼は主権を剝奪され、滅びることになろう。

## 牡羊と牡山羊

ベルシャザルの御世の第三年に、私は幻を見た。私はエラム州の都スサのウライ川のほとりにいるようであった。一匹の牡羊が川の前にいた。非常に長い二本の角を持ち、一方の角は他方のよりも長かった。その牡羊は西、北、南にむかって襲いかかり、いかなる獣も抵抗することも逃げ遂せることもできなかった。しかし、そこに一匹の牡山羊が土を踏まず宙を飛んでやってきた。その目の間には一本の角があった。そのものは牡羊を打ち滅ぼし、強大になった。しかし、その大きな角は折れ、その代わりに四本の角が出てきて、天の四方に向かいそれぞれ伸びた。それらの角の一本から小さな角がひとつ出てきて、南と東と栄光の地に向かって大きくなり、天軍のところまで達し、地上に星を投げ下ろし、それらを踏みつぶした。彼は天軍の主に対し身をそびやかし、その常供物《じょうくもつ》を奪い取り、その聖所を破壊した。彼は不敬にも常供物を襲うべく軍を召集し、地上から真理を追い出し、したい放題のことを行なった。この時、ひとりの聖者が別の聖者に尋ねた。幻に現われたこの常供物の略奪と壊滅的な不正と聖所の冒瀆はいつまで続くのであろうか？　もうひとりが答えた。二千三百の朝夕を経るまで、その後至聖所は浄められることであろうと。

その時、私の目の前の、ウライ川の真只中《まっただなか》に人間のようなものが現われ、次のように言った。ガブリエル[*2]よ、この者に幻の解明かしをしてあげるがよい。ガブリエルは私に言った。よいか、人の子よ、この幻は終末の時を表わすものであると。私はひれ伏したが、彼は私を抱き起こし、次のように付け加えた。怒りの時の終わりに何が起こるかそなたに教えてあげよう。

## 幻の解明かし

二本の角を持った牡羊とはメディアとペルシアの王である。牡山羊とはギリシャの王で、その目の間の大きな角はその第一の王のこと。他の四本の角とはその国に現われる四人の王であるが、その権勢は第一の王のよりも小さなものである。その治世の末期には背徳行為がいたる所で起こり、分別のない策略好きな王が台頭するであろう。その権力は已れ自身の力によらずして強大化し、いたる所を破壊し、大勝利をおさめることであろう。力の強大な者たちと聖なる民をうち滅ぼすであろう。その王はこの上なく驕り高ぶり、平和な暮らしをしていた多くの人たちを滅ぼし、また、君主の中の君主にたてつくことであろう。しかし、いかなる人の手にもよらずしてうち負かされることであろう。先にそなたの見た朝夕の幻は真のものである。これから先の長い年月にわたるものであるから、心の中にしまっておくがよい。

私はこの幻に驚くと共に、疲れ果ててしまった。しかし、その幻のことは誰にもわからなかった。

## 七十週

メディアの国のアハシュエロス[*3]の子、ダリヨスはカルデア人の王となったが、その御代の元年に、私は書物にて、ヤハウェが預言者エレミヤにお告げしたことに従い、エルサレムの荒廃が満七十年という数だけ続くことを知った。私は主の方に顔を向け、麻の衣を着、灰を被り、祈りと嘆願、断食のうちに主を求めた。すなわち、ヤハウェに祈り、次のような懺悔を行なった。

## ダニエルの祈りと懺悔

あなたを愛しかつその戒律に従う者たちとの契約をお守り下さる主よ、私たちは不正と背徳と反逆を行ない罪を犯しました。また、あなたの戒律と裁きから離れ、あなたの僕《しもべ》である預言者に耳を貸しませんでした。正義はあなたのもの、恥は私たち、すなわち、ユダの人々、エルサレムの住民、遠きも近きも含むイスラエルのすべての人たちのもの。私たちの恥は私たちの王、王子、親の恥でもあります。なぜなら私たちはあなたに従わず、背きましたから。私たちの上にモーセの律法に書かれているもろもろの呪いがふりかかってきました。正しき者はヤハウェ。エジプトの地より私たちを救い出して下された主よ、エルサレムの都からあなたのお怒りを取り去り、荒廃したあなたの聖所の上にそのお顔を輝かせ、私たちの惨状をごらん下さい。主よ、どうかあなたのご慈悲を。

## ガブリエル、返答をもたらす

夕暮れの供物を捧げる時刻に、ガブリエルが私の前に現われた。そして私に次のように言った。そなたの民とそなたの聖都の上に七十週があらかじめ定められている。

背徳行為を一掃し、過ちをなくし、不正を改め、永遠の正義をもたらしめ、幻と預言に封印し、至聖者に聖油を注ぐためである。エルサレムの復興と再建の神託から救世主の到来までは七週あり、さらに六十二週にて苦悩の時代のうちに、広場と街路とが再築されるであろう。その後、救世主は罪もないのに死に、また来るべき君の民は町と聖所とを破壊し、その終わりは大洪水によるものであろう。そして戦いの終わりまで荒廃が続くことが決められている。彼は一週の間に多くの者と契約を結び、その週の半ばに供物と奉納を廃止するであろう。そして聖所では打ち壊しの醜行がなされるが、ついには神の定める滅亡がその破壊者の上にふりかかるであろう。

『ダニエル書』第七－九章より

聖書の注解者たちは次のような見解をとっている。すなわち、四頭の獣はネブカドネザル王の見た像の各所に相応するものであると。第四の獣とはシリアであり、また、悪態をつく角はユダヤ人の大迫害者アンティオコス四世のことである。十人の王とはアレクサンドロス大王、セレウコス一世ネカトル、アンティオコス一世ソテル、アンティオコス二世カリニコス、セレウコス三世、ケラウノス、大王アンティオコス三世、セレウコス四世ピロパトル、ヘリオドロスそしてデメトリオス一世ソテルのことである。長老とはオリエント諸国に審判を下そうとしている神のことである。人の子に似た人物は救世主のこと。イエス・キリストはこの章句をマタイ伝の第二十六章六十四節の中で、祭司長を前にして想起している。そのあと、アレクサンドロス大王のペルシア人たちとの戦い、その帝国の形成、さらに、このマケドニアのピリッポスの子の死後における帝国の分裂のことを暗示している。ダニエルの預言——七十週——はエレミヤの預言——七十年——に由来するものであり、これは七十週（即ち七十の七倍）年と解釈されている。

＊1—ネブカドネザル王の子でバビロニア最後の王。
＊2—天使長のひとり。人間への慰めと吉報の天使。
＊3—紀元前五世紀のペルシア王。エステルの夫。

# 二重の夢

ダマスコにアナニヤという名の弟子がおり、そのものに主が幻の中で現われこう言った。「ユダの家に行きタルソ人のサウロを捜しなさい。その者は今祈っている」。アナニヤは答えた。「主よ、聞くところによると、この男はエルサレムで聖徒たちに多くのひどい仕打ちをし、また、あなたの名を口にする者すべてを捕える権限をもってやって来ているとのことです」。主は言った。「行きなさい。なぜならこの者は私の名を諸国、王侯たち、さらにイスラエルの息子たちのもとに運んでいくための器として私が選んだものであるから。私はその者に私の名前によりどれほどの苦しみをこうむるか教えてあげよう」。一方、サウロは幻の中でアナニヤという名の男がやって来て、目が元通りになるようにと自分の上に両手をおくのを見た。この時アナニヤが入って行き、彼に両手をかけてこう言った。「兄弟サウロよ、あなたが来る途中あなたに現われたイエスが、あなたの視力が元通りになるようにと、また、あなたが精霊に満たされるようにと私をお遣わしになったのです」。サウロは目が元通り見えるようになり、洗礼を受けた。

『使徒行伝』第九章十－十八節より

## ヨセフの夢に現われた主の使

マリヤはヨセフと婚約していたが、一緒になる前に、マリヤは精霊によりみごもった。ヨセフは心の正しい人であったから、彼女のことが公けになるのを好まず、密かに彼女を離縁しようと決心した。このことについて思いをめぐらしていると、夢で主の使が現われ、こう言った。「ダビデの子ヨセフよ、そなたの妻マリヤをそなたの家に迎え入れることを恐れるな。彼女の胎内にあるものは精霊によるものであるから。彼女は男の子を生むであろう。その子にイエスという名前をつけなさい。なぜならその民をもろもろの罪から救うであろうから」。このことすべては主が預言者をつかいお告げになったことが成就するために起こったことである。[*1] すなわち、「ここに処女がいる。みごもって男の子を生むであろう。そのものにはインマヌエルという名がつけられるであろう。すなわち、それは神はわれらと共にという意味である」。ヨセフは夢から醒めると主の使が彼に命じた通りのことをし、その妻を家に迎え入れた。彼女が男の子を生むまでは彼女を知ることはなかった。そして子供をイエスと名付けた。

博士たちが出立するやいなや、主の使が夢でヨセフに現われこう言った。「立て、そして幼児とその母親を連れてエジプトに逃れなさい。そうして私が知らせるまでかの地にとどまりなさい。なぜならヘロデが幼児を捜し殺そうとしているから」。そこで彼は夜のうちに発ち、幼児と母親を連れてエジプトへ退去した。
ヘロデが死ぬと、主の使がエジプトにいるヨセフに現われ、彼に言った。「立て、そして幼児とその母親を連れてイスラエルの地に行きなさい。幼児の生命を狙っていた者たちは死んでしまったから」。そこでヨセフは立ち上がり、幼児と母親を連れ、イスラエルの地に向けて出発した。

『マタイによる福音書』より

＊1——〔原註〕『イザヤ書』第七章十四節参照。

## ケシの物語

父親はもうこの世にはなかった。ケシは母親と一緒に暮らしており、狩の名手であった。毎日、母親の食膳に供するために獲物をとり、また、神々には供物を捧げていた。ケシは七人姉妹の末の妹シンタリメニに恋をした。彼は狩を忘れ、怠惰《たいだ》と恋の思いに身をまかせた。母親は彼を叱って言った。「狩の名手が恋の獲物にされてしまうなんて！」息子は投げ槍を取り、猟犬を呼び、出発した。しかし、神々を忘れる者は神々にも忘れられるものである。

獣たちは姿を隠してしまっていた。彼は三カ月間彷徨《さまよ》った。疲弊し切って木の根もとで眠り込んだ。そこには森の化物たちが棲んでおり、彼らは若者を喰ってしまおうと決めた。しかし、そこはまた死者の霊魂の棲む土地でもあったから、ケシの父親はある計略を考え出した。「地霊たちよ、何のためにその男を殺すのかね？　マントを剝ぎ取るがいい。そうすれば寒くて逃げ出すだろうから！」地霊たちは掏摸《すり》である。ケシは、その耳もとで口笛を吹き鳴らし、その背中をむち打つ風によって目を醒まされた。坂を下り、谷間の中で点滅しているたったひとつの明かりを目指して進んで行った。

彼は夢を七つ見た。大きな門の前に自分がいて、それを開けようと試みたが無駄であった。家の中に自分がいて、そこでは下女たちが働いており、巨大な鳥が彼女たちのひとりを奪い去っていった。また、自分が広大な牧場の中にいて、一団の男たちがのどかに歩き廻っていた。すると稲妻が光り、雷が彼らの上に落ちた。場面が変わり、ケシの祖先たちが火のまわりに集まり、火を掻《か》き立《た》てていた。また、自分が両手を縛られ、足には女性の首飾りのような鎖が付いていた。狩に出かける用意はできていたが、門の片側には竜が、もう一方の側には身の毛もよだつようなハルピュイアがいた。

ケシは一部始終を母親に語って聞かせた。母親は「藺草《いぐさ》は雨風に打たれると身をしなわせるが、再び頭をもたげるものですよ」と言って彼を元気づけた。そして、彼に青い羊毛の糸束を手渡した。青は魔法とか害悪から守ってくれる色であった。

ケシは山に向かって出発した。

*

神々はまだ立腹していたから、狩をする獣は見当たらなかった。ケシはあてもなく彷徨い、すっかり疲れ切ってしまった。気がついてみると、竜とぞっとするようなハルピュイアが番をする大きな門の前にいた。門を開けることはできず、また呼んでも誰の返答もなく、彼は待つことに決めた。眠気が彼を襲った。目覚めると夕暮れどきで、ちらちらと光る明かりがひとつ近づいてきて、それはだんだんと大きくなり、彼の目を眩ますほどになった。それは背の高い、光を放つ人間であった。その者は彼にそれが落日の門であり、その向こうには黄泉の国があると言った。その門をくぐる人間は戻ることができない。「それではどうしてあなたはその門がくぐれるのですか？」と訊くと、「私は太陽です」と神は答え、中に入っていった。

向こう側では死者の霊魂たちが、太陽神の夜の訪問を歓迎しようと待っていた。そこにはシンタリメニの父親のウディプシャリもいた。娘婿の声を聞き、彼が死者たちに会いにきた最初の人間であることを知り喜んだ。そして彼が入ることを許してやって欲しいと太陽に嘆願した。

「よろしい。門をくぐり、暗い小道を通り、私のあとについて来させなさい。その代わり、生ける者たちの国には二度と再び戻ることはできなくなるぞ。逃げられないよう彼の両手両足を縛りなさい。彼がすべてを見終わったら殺すことにしよう」

ケシは長くて狭い地下道の前にいた。太陽神は遠ざかっていき、一点の大きさになってしまった。ウディプシャリはケシの両手両足を縛り、今にも消えそうな光のあとについていくよう勧めた。ケシは火を掻き立てている死者たちの霊魂を見た。彼らは神の鍛冶屋で、神が地上に投げ下ろす雷光を造っている。ケシは何千という鳥がまわりを飛んでいるのに気づいた。ウディプシャリは言った。「これらは死の鳥で、地底の世界に死者の霊魂を運んでくるのだよ」。ケシは自分の夢に出てきた巨大な鳥のことを思い出した。遂に夜明けの門のところに着いた。ケシは死なねばならなかったが、許しを請うた。太陽神はケシがあけぼのと共に起き、狩をし、神々に供物を捧げていたことを思い出して言った。「よろしい。お前は妻とその六人の姉たちと共に天に行くがよい。そこで一緒に永遠の星々を眺めなさい」

明るい夜には天の牧場に狩人が見える。彼は両手を縛られ、両足は女性の首飾りのような鎖につながれている。狩人のそばでは七つの星が輝いている。

紀元前二〇〇〇年のヒッタイト族の物語より

この物語の前半の部分はヒッタイト族の楔形文字の碑文に書かれているものである。後半の部分は十九世紀の終わり頃にエジプトで発見されたアッカド語訳の断章である。セオドール・H・ガスターが翻訳し、整理されたものにし、かつ注解を行なった（『世界最古の物語』一九五二）。物語は本質的には死及び黄泉の国と関係づけられている。人間が死へ足を踏み入れる時にしか開かない門（ハーデースの門。ウェルギリウス『アエネイス』第六巻参照）。黄泉の国に人間を運んでいく鳥。火を掻き立てる死者たちの霊魂。門の番をする竜とハルピュイア（ギルガメシュの物語及びウェルギリウス『アエネイス』第六巻二百五十八―二百八十九行の中でも同じものがみられる）。ウディプシャリとの邂逅（オデュッセウスとその母親、アエネアスとアンキセス、ダンテとベアトリーチェ）。さらに道案内としてのウディプシャリ（シビュラとアエネアス、ウェルギリウスとダンテ）。ケシは天上にて鎖につながれている狩人で、プレイアデスに変わった七人の姉妹たちの追跡者オリオンのことであろう。地霊に関する記述は現存するものでは最古のものである。

## 夢はゼウスより来るもの

九日のあいだ神の矢が激しく襲った。十日目にアキレウス[*1]は民を広場に集めた。「アトレウス[*2]の子よ！　我らは退却せねばならぬと思う。運よく死をまぬがれることができたとしても再び放浪の身となろう。退却しなければ、戦闘と疫病とがアカイア人を滅亡させてしまうだろう。だが、その前に、うらない師か祭司か夢うらない師――なぜなら夢もまたゼウスより来るものであるから――に相談し、なにゆえにポイボス・アポローンがご立腹なのか言ってもらおう」

『イリアス』[*3]第一巻より

＊1―ホメロスの『イリアス』に出てくるギリシャの英雄。トロイア戦争でヘクトルを殺すが、パリスの放った毒矢が踵に当たり死ぬ。
＊2―ギリシャ神話でペロプスの子でミュケナイの王。
＊3―ホメロスの作と言われる全二十四巻からなる叙事詩。トロイア戦争を歌ったもの。

# ふたつの扉

## Ⅰ

思慮深いペネロペイア[*1]は言った。「異国のお方よ！　不可解ではっきりしない言葉を用いる夢がございます。そして、その夢が人間に伝えることは果たされません。夢にはふたつの扉がございます。ひとつは角で、もうひとつの扉は象牙でつくられています。光沢のある象牙を通ってやってくる夢は私たちを欺き、私たちに意味のない言葉をもたらします。磨きたてた角を通って出てくる夢は、それを見る人間に真に実現するものを伝えるものでございます」

『オデュッセイア』第十九巻より

＝

夢の扉はふたつあり、それらのひとつは角でできていると言われ、その扉を通りいとも容易に真実の影が出てくる。もう一方は白い象牙にたくみに彫刻のほどこされたつややかな扉で、それを通して死霊たちはこの世にいつわりの夢を送り届ける。

『アエネイス』第六巻より

＊1――オデュッセウスの妻。二十年に及ぶ夫の不在中貞節を守った。

# ペネロペイアの夢

ペネロペイアはオデュッセウス[*1]に、(彼が二十年ぶりにイタケーに戻って来た人であることを知らずに)言った。どうか私の見た夢をお聞き下さい。家に二十羽の鵞《が》鳥《ちょう》がいまして、水に浸した小麦を食べています。そして私はそれを眺めて楽しんでおります。しかし、この時山から曲がった嘴《くちばし》の大鷲が下りてきて、鵞鳥の首をへし折り、すべて殺してしまいます。私は夢の中で泣き、悲鳴をあげました。美しいお下げ髪のアカイアの女たちが私のそばに集まってきましたが、私は大鷲に自分の鵞鳥を殺されてしまったことを嘆き続けていました。鷲は再びやってきて、軒先に止まり、人間の声で次のように言い、私の嘆きを鎮めました。「元気を出しなさい。令名高きイカリオスの娘よ、これは夢ではなく真《まこと》の幻で、実現することになるから！　鵞鳥は求婚者たちのこと、大鷲の姿で現われたこの私は戻ってきたそなたの夫で、あのものたちすべてに屈辱的な死を与えることであろう」

『オデュッセイア』第十九巻より

＊1―トロイア戦争に参加したギリシャの英雄。『オデュッセイア』の主人公。

# 三月十五日

見たところ、カエサルの運命は思いもよらぬものというよりも、しようと思えば用心することのできるものであった。なぜならば、不思議な前兆とか驚異的な出来事が前ぶれとして現われたと言われているから。天に現われた輝きとか火、夜いたるところを駆けまわった物影、広場を飛びまわった群を好まぬ鳥、このようなものがあのような大事件の前兆と言うのはおそらくは適当ではないかもしれぬ。哲学者（にして地理学者）のストラボン[*1]は多くの人間が火を放ちながら空を走るのが見えたというし、また、ある兵士の奴隷が手から多くの焔を出すので、それを見た人々は彼が焔に焼かれていると思ったが、火が止んでみるとその男はかすり傷ひとつ負っていなかったということを書き記している。カエサルがいけにえを捧げた時、その動物の心臓が見当たらなく、これは何か恐ろしいことの前ぶれだと思われた。なぜならば、いかなる動物も心臓がなければ生きられないから。さらに、多くの人たちから次のような話を聞くことができる。ローマ人たちがイドゥスと呼ぶ三月の十五日に大きな身の危険が待ち受けてますよと、ある予言者がカエサルに言ったというのだ。その日がやってきて、カエサルは元老院に行く時、その予言者に挨拶をし、冗談めかして次のように言った。「もう三月のイドゥスの日になったぞ」。これに対し彼は、いとも心おだやかな調子で「はい、でもまだ過ぎ去ってはおりません」と答えた。前日のこと、マルクス・レピドゥスが彼を夕食に招待した。いつもそうしていたように、彼は手紙を書いていたが、その時、一番よい死に方はどういうものかということに話題が及んだ。カエサルはまっ先に言った。「予期せぬ死だよ」。そのあといつものように妻と一緒に寝たが、突然部屋じゅうの扉と窓が開いた。彼は物音と明るい月の光に驚いて目を醒まし、妻のカルプルニアの方を見たが彼女はぐっすりと寝入っていた。しかし、突然夢の中でわけのわからない言葉を発したかと思うと、啜り泣き始めた。カエサルの妻の見た幻とは次のようなものに他ならなかった。すなわち、カエサルの家は、リウィウス[*2]も書き記しているように、彼の最高の栄誉と威厳を称えるために、元老院の決議により尖頂装飾をつけることが許されていたが、それが夢の中で崩れ落ち、彼の妻はそのことを嘆き泣いたのであった。朝になると、彼女は、審議があっても元老院には出かけないで、他の日に延期してくれるようにとカエサルに懇願した。さらに自分の夢をとるに足らぬものと考えるのなら、いけにえとかその他のうらないの手段をつかって、どのようにするのが一番よいか調べてみてくれるようにと頼んだ。

プルタルコス[*3]『対比列伝』「ガイウス・ユリウス・カエサル」六十三章（一〇〇年頃）より

＊1―ギリシャの歴史家、地理学者（前六四頃～後二一頃）。『地理』全十七巻の著者。
＊2―ティトゥス・リウィウス・パタウィヌス（前五九～後一七）。ローマの歴史家。代表作は百四十二巻からなる『建国以来のローマ史』。
＊3―ギリシャの歴史家。伝記作家（五〇頃～一二五頃）。

## カプリ島にて、カエサルがルキウス・マミリウス・トゥルリヌスに宛てた、書簡体の日記より

（十月二十七日から二十八日にかけての夜）

一〇一三――（カトゥルスの死について）私は末期の苦しみに喘ぐ友、詩人カトゥルス[*1]の枕許《まくらもと》で看病をしている。時々彼は眠り込むので、私はいつものように、おそらくは考え込むことを避けるためだろうが、ペンを取る。彼は今しがた目を醒ましたところだ。プレイアデス[*2]のうちの六人の名前を言い、七番目の名前を私に訊く。

今は眠っている。

それから一時間経った。私たちは話をしている。死に瀕《ひん》している者の枕許で看病をするということに関して、私は未経験者ではない。苦しんでいる者には、彼ら自身のことを話してあげることが必要だし、明晰な頭脳の持ち主には、彼らがいま後にしようとしている世界を誉め称えてあげる必要がある。軽蔑《けいべつ》すべき世界を後にすることには何ら尊厳はなく、また、死んでいく者は人生がおそらくは自分の行なった努力に値しないものではないかとよく恐れるものである。私個人としては称賛の材料には決してこと欠かないと思っているが。

この最後の時間の流れの中で、私は昔受けた恩義に報いた。出征中、たびたび執拗な夢が私を襲ったものであった。それは次のような夢で、私は夜中に自分の天幕の前を行ったり来たりしながら、即興の演説を行なっていた。よりぬきの男女の聴衆が集まっているように思われた。ほとんどみんな若い人ばかりで、私はソポクレス*3の不朽の詩の中でかつて学んだもの、軍人や政治家として、父親や息子として、さらに恋する男として、私の青年期や壮年期に、喜びや有為転変を通して学んだものすべてを、彼らに話して聞かそうと躍起になっていた。私は死ぬ前に、自分の心が背負っているあの数々の感謝と賛辞の荷（それはかくも短い間にあふれんばかりになった！）を下ろしたいと思っていたのだった。

そうとも！　ソポクレスは人間であった。そして、彼の作品はまさしく人間的なものであった。これが老いたる質問者への回答だ。神々は彼に援助を与えもしなければ、彼に対しそうすることを拒絶しもしなかった。ことの次第はこうではないかも知れない。しかし、神々が姿をお隠しになっていなかったら、彼は神々を見つけようとかくも奮闘しはしなかったであろう。

これと同じように、アルプスの最も高い峯々《みねみね》の間にあって、私には一寸の先も見えなかったが、これ以上ない位のしっかりとした足どりで旅をした。ソポクレスにとってはアルプス山脈があたかもそこにあったかのように生きることで十分であった。

そして、今カトゥルスも死んだ。

ソーントン・ワイルダー[*4]『三月十五日』（一九四五）より

＊1―ガイウス・ワレリウス・カトゥルス（前八四頃～五四頃）。恋人レスビアへの愛を歌った抒情詩で名高いローマの詩人。
＊2―ギリシャ神話でアトラスの七人の娘。オリオンに追われて星になったという。
＊3―コロノス生まれのギリシャの悲劇詩人（前四九六頃～四〇六）。
＊4―アメリカの小説家、劇作家（一八九七～一九七五）。

# 近親相姦

カエサルはルビコン川を渡りローマに進軍する前に、自分の母親と同衾する夢を見たと述べている。周知のように、短剣を突き刺し、無法にもカエサルを倒した元老たちも、神々がお定めになったことを妨げることはできなかった。なぜなら町は（ロムルス[*1]の子にしてアフロディテ[*2]の末裔である）主人を宿したから。そしてその驚異的な胎児はすぐにローマ帝国となった。

ロデリクス・バルティウス『数であるものと数でないもの』（一九六四）より

＊1―伝説上のローマの建国者のひとり。レムスと双児の兄弟。
＊2―ギリシャ神話の美と愛の女神。

## スキピオの夢

キケロ[*1]の著作の中では、その宗教的な、さらに言うならば、その宗教哲学的な内容の深さゆえに、『国家論』第六巻中のいわゆるSomnium Scipionis（『スキピオの夢』）が特に傑出している。これはスキピオ・アエミリアヌス[*2]の語る夢の話を扱ったもので、その夢の中でスキピオに彼の父である大スキピオ・アフリカヌス[*3]が現われる。父親は息子に丘の上からカルタゴを指し示し、二年後に息子がその町に対し勝利をおさめることを予言する。（さらに、後年におけるヌマンシア[*4]に対する勝利を。）彼はさらに息子が議事堂に向かって凱旋《がいせん》し、町がすっかり乱れているのに気づくであろうと付け加える。そしてその時は魂と知性と分別の光を持っていくことが必要であろうと。息子を元気づけようとし、アフリカヌスはスキピオ・アエミリアヌスに、国家のために貢献し、慈悲と正義を行なった人たちの霊魂の行く末を教えてあげた。それらの霊魂はprinceps deusすなわち至高の神の支配する銀河で暮らしている。それは九層の球体に分かれているすばらしい見事な世界で、それらの運行は神による調和を示している。

天球——これは一番外側にあり、他のすべての球体を取り巻き、星はそこにちりばめられている——には至高の神が住んでいる。この球体の下に他の七層の球体があり、天とは逆の方向に動いている。それらの下では月がまわっており、その下には月下の世界があり、そこには人間の霊魂は別として不滅なものは何も存在しない。人間の霊魂は最後の九番目の球体、すなわち地球に住んでいる。これは動かず、他の球体と同一の中心を持っている。さて、慈悲と正義とを達成するためには目を天に、すなわち、死んだり朽ちたりするものは何もない月上の球体に向けなければならない。霊魂はそれらの球体と結びついており、はかない地上の富とかいつわりの栄光のことを忘れた時、すなわち、霊魂は死すべき肉体に蔽われているが霊魂自体は滅びるものではないという点に気づいた時にだけ、真の故国であるそれらの球体のもとに本当に帰ることができる。不滅の霊魂は、ちょうど神が死と何らかの関わりのある世界を動かすように、我々の肉体を動かしている。だから、霊魂に最も気高い仕事を行なわせる必要がある。すべての中で最も気高い仕事とは祖国の救済に向けられた仕事である。この至高の使命を果たす霊魂は天界への昇天によって報われるが、感覚的な快楽に身を委せる霊魂は地上にとどまり、幾世紀もの間責苦を受けた後でしか昇天することはできない。

　このような思想の起源については、これまで多くの議論がなされてきた。ある者たちはそれがポセイドニオスに由来していると書いている。[5]また、ある者たちはそのような由来を否定している。（都市への奉仕という愛国的な動機はおそらく唯一の例外であろうが）キケロが心に描いたことは当時において広まりつつあった考え方の多くと一致するものである。それらの考え方は一方では天体信仰と、他方では霊魂の不滅性と単一性というプラトン風の概念にさらにみがきをかけようとする傾向と、さらには宇宙を一大調和として、すなわち宇宙を有徳な霊魂がその住民として住む寺院と見なす見方と接点を持っている。このような考え方は後世の作家たちにかなりの影響を及ぼすが、その中でもマクロビウス[6]が際立っている。

この『スキピオの夢』の主題のひとつが、宇宙の広大さと比べた場合、この世の個々の生命はとるに足らないものだ、という概念であることに注意を払う必要がある。この主題は『アエネイス』の第六巻の中（アエネアスのアンキセス[7]への言葉[8]）やストア派のいくつかの記述（例えばセネカ[9]の『マルキアへの慰め』）の中でも展開されている。

ホセ・フェラテール・モーラ[10]『哲学辞典』（一九五八年版）より

＊1―ローマの政治家、雄弁家、作家（前一〇六〜四三）。
＊2―古代ローマの将軍、政治家（前一八五〜一二九）。ヌマンシア及びカルタゴの征服者。
＊3―古代ローマの将軍（前二三五〜一八三）。ザマの戦いでカルタゴ軍を破る。

＊4―現在のスペイン、ソリア県にあった古代の町。紀元前一三三年、ローマ軍による包囲戦で全滅。
＊5―ギリシャのストア派の歴史家、哲学者（前一三五頃～五〇）。
＊6―アンブロシウス・テオドシウス・マクロビウス。五世紀のローマの哲学者。『サトゥルヌスの祭り』、『スキピオの夢への注釈』の作者。
＊7―トロイア戦争におけるトロイア側の英雄。『アエネイス』の主人公。
＊8―アエネアスの父。
＊9―ルキウス・アンナエウス・セネカ（前四頃～後六五）。スペイン生まれのストア派の哲学者。
＊10―スペインの哲学者。一九一二年バルセロナ生まれ。一九三九年国外に亡命。以後中南米、米国の大学で教鞭をとる。一九九一年没。

# 夢はいずこからどのようにして生じるか

夜になり外の火が退却すると、内なる火は外の火から離れることになる。その時、たとえ内なる火が目から出てきて、別の四大のひとつに落ちかかっても、それを取り巻く、もはや火をもたぬ周囲の空気と共通の性質は持たないから、自ら変化し、消えてしまう。その時見ることをやめ、眠りへと誘うのである。神々がおつくりになったあの視覚を保護する器官、すなわち瞼《まぶた》が閉じると、内なる火の力は抑制される。この内なる火はというと、内部の運動を鎮め穏やかにさせる。そしてその運動が穏やかになるや眠気が襲う。もし休息が完全なものなら、ほとんど夢の現われない眠りが我々に訪れる。反対に我々のうちに何か顕著な運動が残存している時は、その性質とその運動のみられる場所とに応じて、いろいろな種類の映像が生じてくる。それは多かれ少なかれ鮮明なもので、内もしくは外の物体に似たものであり、目覚めた時、我々はそれらの映像について何かしら記憶しているものである。

プラトーン『ティマイオス』第十六章より

## カプリ島にて、カエサルがルキウス・マミリウス・トゥルリヌスに宛てた、書簡体の日記より

（以下の覚書は一月と二月の間に書かれたものと思われる。）

一〇二〇――ある時私は虚無の恐怖を経験したことがあるかと冗談めいた口調で訊かれたことがある。私はあると答えたが、その時以来繰返し虚無の夢を見てきた。おそらくは眠っている時の偶然の姿勢、あるいは消化不良、あるいは体の何かほかの変調によるものかもしれないが、確かなことは、この心を捉える恐怖が現実味の乏しいものではないということである。それは（かつて私が考えていたような）死の影とか、されこうべのしかめ面などではなく、あらゆるものの終わりを感じさせる状態なのである。この虚無は不在とか沈黙のようなものとしてではなく、仮面を脱いだ絶対悪として現われてくる。すなわち、それはあらゆる快楽を愚かしいものに帰したり、あらゆる努力をしなびさせ枯らしてしまうような冗談とか脅迫のようなものである。この悪夢は私が持病[*1]の発作の時に見る幻と相反するものである。発作の時私は宇宙の澄みきった調和をわがものとするように思い、得も言えぬ幸福感と信頼感とが私を捉え、生者にも死者にもすべての人に向かって、この世には祝福の手の届かない場所な

どどこにもないと大声で叫びたくなるのである。

（以下原書ではギリシャ語で書かれてある。）

このふたつの状態は体の中で活動しているある種の体液によるものであるが、両者いずれにおいても「このことはやがてわかるだろう」という意識が認められる。きらめくばかりのものであれ恐ろしいものであれ、無数の証拠によって記憶がそれらの状態を確証しているのであるのなら、どうしてそれらを空しい夢幻としてしりぞけられようか？　一方を否定し他方を否定しないということは不可能である。また、私は村落の単なる一平定者にすぎないのであるから、それらにほんのわずかな真実味しかないなどと決めつけたくはない。

ソーントン・ワイルダー『三月十五日』（一九四五）より

＊1──〔原註〕てんかん。

# 解明かしを間違えた夢

ウアイナ・カパク[*1]は疫病を恐れた。そこで宮殿の中にひきこもっていたが、その時夢を見た。それは三人のこびとが彼のところにやってきて「王よ、我らはあなた様をお迎えにきました」と告げる夢であった。疫病がウアイナ・カパクにとりつき、彼はパチャカマク[*2]の神託に使者を立て、健康を回復するにはどうするべきか、夢の解明かしをさせた。神託は彼が日なたに出るなら良くなるだろうと申し渡した。王は日なたに出たが即座に死んだ。

ベルナベ・コボ[*3]『新大陸の歴史』より

＊1―インカの王（在位一四九三〜一五二五）。インカ帝国の領土を拡張し、大王、征服王と呼ばれている。
＊2―古代ペルー人たちが信仰していた神。世界及び生命の創造者。
＊3―スペインの歴史家、博物学者（一五八二〜一六五七）。

## 家庭的な夢

『サトゥルヌスの祭り』の著者である五世紀のラテン作家、アンブロシウス・テオドシウス・マクロビウスは一般によく知られている『スキピオの夢への注釈』を書いた。これは、紀元前一世紀の前半においてローマを支配していた政治形態を推奨し、プラトンとピュタゴラス[*1]に由来する宇宙発生論について述べている、キケロの『国家論』の第六巻への注解である。マクロビウスはありふれた夢、家庭的な夢に注目し、これらが恋、食事、友人、敵、衣服、お金といった日常生活のこだまであり、それらは解明かしをするに値しないとしている。すなわち、偉大な夢の数々を鼓舞する神々しい霊感に欠けているというのである。十三世紀において、アルベルト・フォン・ボルシュテット（?〜一二八〇）、——聖アルベルトゥス・マグヌスの名の方がよく知られているが——彼はギリシャ哲学とキリスト教の教理とのスコラ哲学的妥協をはかり、パリにおいてトマス・アクィナス[*2]を弟子にもった。彼の論文『霊魂について』では、些細な夢のたわいなさと神々しい霊感により鼓舞される夢の崇高さに関して、マクロビウスと見解を一にしている。アルベルトゥスは大の旅行好きで、鉱物とか元素、動物とか気象に関心を抱いた。彼はその『錬金術論』により魔術臭に染まるようになった。しかし、レーゲンスブルク[*3]の司教になるに至る。もっとも、旅を再び始めるためにこの高い地位を放棄したが。師の夢というものはいずれも成就したためしがない。すなわち、（知識の量は別であるが）時の経過の中で師はその最良の弟子により凌駕《りょうが》される。アクィナスの死後（一二七四）、彼はその教理を称揚するためにパリに戻った。

ロデリクス・バルティウス『数であるものと数でないもの』（一九六四）より

＊1―サモス島生まれの紀元前六世紀のギリシャの哲学者、数学者。
＊2―中世イタリアのカトリック教会の神学者（一二二五頃～七四）。『神学大全』の著者。
＊3―西ドイツ、バイエルン州の都市。

# 証し

もしもある人が夢の中で楽園を横切り、そこにいたことの証しとして花を一輪もらい、もしも目覚めた時手にその花があったとしたら……それからどうなるのだろうか?

S・T・コールリッジ

# いつも見る夢

夕闇せまるナイル河
汽車をからかう
水のよそおいの
美しいブルネットの乙女たち

逃亡者たちよ

ジュゼッペ・ウンガレッティ[*1]『プリーメ』（一九一九）より

＊1――エジプトのアレキサンドリア生まれのイタリアの詩人（一八八八〜一九七〇）。イタリア現代詩を代表する作家。

# 夢の本質について

眠りが甘美な眠気でもって
ついに四肢を縛りつける時、全身が
深い休息の中で横たわっている時、
その時我々は目覚めていて、
手足を動かしているような気になる。
夜の暗闇の中にありながら、太陽や
昼の光を見るような思いにとらわれるし、
狭い、閉めきった部屋の中にありながら、
天候や海、山、川が変化し、
大平原を歩いて横切ったりする思いがする。
また、夜の深い漠とした静けさの中で、
物音が聞こえ、無言であるにもかかわらず、言葉を発しているような思いがする。
我々が多少なりと驚きの目で見るこの種の現象はすべて、
感覚に対する我々の信頼を
うち壊そうとするが、それは果たされない。
このような偽りは我々にあっては
あの感覚との関係において我々が描き出す
精神の判断に由来しているのであり、
感覚器官が見なかったものを、
あたかも見たように思い込んでしまうのだ。
我々の心の中におのずと湧いてくる
不確かな憶測と明白な事柄とを区別することは、
この上なく奇妙ですばらしいことである。

……………………

また、手短に言おうと思うのだが、
いかなる物体が精神を動かし、その想念は
いずこから精神のもとにやってくるのか。
思うに、四方八方には多くの幻影《シムラークルム》が

さまざまな形で浮遊している。[*1]
それらは非常に軽微なものであるから、
もしも宙にて互いに出会うようになるものなら、
ちょうど蜘蛛の巣や金箔のように
簡単に結合してしまう。
なぜならば、それらはそのデリケートさにおいて
我々がものを見る時我々の視覚に生ずる
映像さえもしのぐものであるから。
というのも肉体のあらゆる管を通り侵入して行き
内部から精神というデリケートなものを動かし、
精神を実際に機能させるからである。
ケンタウロス、[*2]スキュラ、[*3]ケルベロス、[*4]
さらに大地により骨をその懐に抱かれている
死者の亡霊は、かくして我々の目に映じる。
なぜならば大気中は幻影だらけであり、
あるものは宙にておのずと生じ、
またあるものは色々な物体から発生し、

またあるものはこれら二種類の結合から成る。
ケンタウロスの映像は確かに
生きたケンタウロスから形成されるものではない。
自然は決してこのような動物を
創り出したことはなかったから、それは
偶然が結びつけた馬と人間の幻影の
合成物である。先に述べたように、
その組織が軽くてデリケートなものであるために、
一瞬にして容易に結合するのである。
これと同様にして、他の映像も
つくり出される。それらは非常に軽いから、
最初の衝撃だけで精神を動かす。
なぜならば、精神自体デリケートで、
とてつもない可動性を有しているから。
前述のことを明確に実証するものとして、
精神の見るものと我々の目の見るものとが
全く似通っていることが挙げられよう。

なぜならば、両者とも同じメカニズムにより生じるから。
すなわち、やって来るや我々の目を刺激する
幻影の助けを借りて獅子を見ると私は説いたが、
同じようにして獅子の他の幻影が
精神を動かしていると推定できよう。
精神は目そのものと同じ位よく見ることができるのだ。
眠りが四肢に広がっている時、
精神が目覚めているのは他でもなく、
日中我々を刺激する幻影が
本当に精神のもとにやって来るからで、その結果、
死と大地とがすでに支配しているあの砂漠を
あたかも見ているような気分に我々をさせるのだ。
自然がこのような幻想を抱かせる。
なぜならば、すべての感覚は深い眠りの中で休息し、
真実が虚偽なるものに逆らえないからだ。
さらになぜかと言うと、記憶が麻痺し、
弛緩し、眠りと戦わないからである。

精神が見て生きていると思ったものは
すでに死とか忘却とに囚われたものなのだ。
それはそれとして、幻影が動いたり
手足が規則正しく動いたりするのは、
驚くに値しない。なぜなら、睡眠中には
色々な幻影が現われ、最初の幻影が消え失せ
別の幻影がそれに続いて生じると、
まるで同一の幻影が一瞬のうちに
姿を変えたように思われるからだ。
もし我々が問題を深く掘り下げようとするなら、
この点に関しては多くの問題と
明らかにせねばならぬ多くの疑問とがある。
最初に出てくる問題は、なぜ精神が
たちまちのうちにおのれの好むことについて
考えをめぐらすことができるのかという点。
幻影には我々の意志がわかるのか？
映像は我々が欲するとすぐに来るのか？

もし海や大地、さらには空、
会議や大行列や饗宴、
あるいは戦闘やほかのことが見たくなったら、
自然はちょっと合図しただけでこれらのものの
映像をつくり出し、我々に用意しないだろうか？
しかも、同じ地域や場所にいる他の人たちの
さまざまな精神が、それぞれ非常に異なった
想念にとりつかれている場合において。
夢の中で幻影が拍子をとり
踊っていく様を見た時、
また、そのきゃしゃな四肢を動かし、
そのしなやかな腕を巧みに交互に動かし、
さらに軽やかな足どりでもそうする時に、
私はどう考えたらよいのだろうか？
幻影は夜に気晴らしができるよう
法則とか技を習得したのであろうか？
私は次のようなことがより確かで真実だと思う。

すなわち、我々はこれらの運動を
声がひとつ発せられる時のような
ほんの一瞬のことと感じるが、
しかし、実際は長い時間が経過しており、
それは理性だけにしかわからない。
これがいついかなる時、いかなる場所でも
多くの幻影が現われる原因である。
幻影とはこれほど大量にして軽微なのである！
そして、その組織は非常にデリケートだから、
精神の集中をしない限り、その明確な姿を
精神は見ることができない。
もし精神が幻影を見ようと一生懸命に
努めなければ、すべては消滅し、
現に見ているものを見たいと
望む時にだけしか見えない。
同様に目にしても
あのよく見えないものを見ようとする時、

集中したり心掛けたりしなければ
それが見えないことがおわかりにならないか？
目の前にある物体でさえも、精神にとって
もし注意して見ようとしなければ、それは
何万里も離れた所にあるがごとくである。
注意を向けているもの以外の幻影を
精神が見落としてしまうということを
どうして驚くことがあろうか？
おそらく精神は幻影を誇張することにより
我々を錯誤に陥らせ、我々を欺く。
また、映像の性別を変えたりもする。
女性だと思っていたら、一瞬のうちに変えられた
男性と我々は接していたり、その後に現われてくる
他のいかなるものも、顔つきや
年齢が非常に違っていたりするが、
これは忘却とか睡眠によって生じるものである。
ティトゥス・ルクレティウス・カルス[*5]『物の本質について』第四巻（紀元前一世紀）より

〔司祭マルチニーナと呼ばれたホセ・マルチェーナ・ルイス・デ・クエト（一七六八～一八一二）の訳（一七九一）〕

＊1―〔原註〕ルクレティウスは物体から放たれる幻影を、薪から出る煙、火の中から出てくる蒸気、夏に蟬が脱皮する殻等と比較している。また、さらに、色彩に染まりカーテン越しに入ってくる光、匂い、鏡に映る幻影とも比べている。また、空中で生じる別の幻影もあり、これらの幻影はものすごいスピードで動き、瞬時にして信じられないような空間を走ると考えている。

＊2―半人半獣のギリシャ神話の怪物。

＊3―メッシーナ海峡の暗礁を擬人化したギリシャ神話の怪物。犬の体をし、六つの頭をもち、自分にぶつかる船乗りはすべて飲み込んでしまうという。

＊4―ギリシャ神話に出てくる三つの頭をもつ犬の怪物。

＊5―ローマの哲学者（前九八頃～五五）。唯一の著作の『物の本質について』はエピクロスの理論を詩の形で表現したもの。

## 夢とは何か

夢とはそれがいかなるものであれ、神が人間の本性にお授けになるもので、夢において神は、人間が眠りにつくやいなや日中に行なった仕事に対し、くつろぐ時間をお与えになる――睡眠中においては、物の本質について述べている人たちによれば、そして実際これは真実なのであるが、四肢はくつろぎ静かになる――精神は感覚を動かし、眠っていない時に肉体が精神を使うのと同じように、感覚をうまく働かせようとする。それ故に、多くのことを夢に見るが、目覚めている時に何を食べ何を飲んだか、また何を行なったかに従い、さらに、肉体を構成する四つの体液が増えたか減ったかに従い、ある場合はしごく当然な道理にかなった夢になるし、またある場合は別なものとなる。そして体内に関心とか好奇心が芽ばえてくることになり、その結果、夢の中に現われることはすべて本当のことと誤って思い込むが、目を醒ました時は何もない。それ故に、このようなもろい土台の上に己れの信念を築き上げる人たちがいるが、彼らの信念は確固とした健全なものではなく、また長続きし得ないものであると言うことができよう。

アルフォンソ賢王[*1]『セプテナリオ』（第十六条）より

＊1――カスティーリャ王、アルフォンソ十世（一二二一～八四）。中世スペインを代表する作家。宮廷内に学者を集め、大規模な文化活動を推進させた。

# 悪夢

いにしえの王の夢を見る。王冠は
鉄でき、その眼差しは死人のごとし。
もはや、このような顔にはお目にかかれぬ。
心変わりせぬ剣は、愛犬のごとく忠実に
彼を敬うことであろう。
ノーサンブリア[*1]の王かノルウェーの王かは知らぬ。
わかるは北国の王ということ。獣の背革と
赤髭とが胸もとを蔽っている。その盲目の
眼差しは私に一瞥もくれぬ。
いかなるくもり鏡から、また彼の冒険の
場であった大海原の、いかなる船から、
その灰色のいかめしい男は現われ出で、

その古びた趣と悲痛さとで私を威圧するのか?
私は知っている。彼が直立不動のまま
私の夢を見、私のことを考えていることを。
昼から夜となる。彼は消え失せなかった。

ホルヘ・ルイス・ボルヘス

*1――六世紀頃、イングランド最北部にアングロ人が建設した古王国。

# 夢について

……深い眠りのとき
四肢は休息を要し、精神は
他愛もないことと戯れる。
——ペトロニウス

これまで夢について書いてきた多くの作家たちは、夢を世界中のいろいろな場所で起こったことの単なる再現とか、これから起こることの前兆と見なしている。別の観点からこのことを考えてみよう。夢は我々に、人間の精神のすばらしさとかその独立性についての考えを抱かせる。

第一に、我々の夢は精神が強い独立性を有し、睡眠の力でもってしても、それを奪い取ったり弱めたりすることはできないということを示している。人間が一日の労働の後疲れきっている時でも、その人全体の中のこの活動的な部分はあちこち動きまわり、疲れることを知らない。感覚器官が道理にかなったその休息と必然的なる回復を求め、肉体がもはや已れの結びついている精神的なるものに伴っていけなくなる時、精神はそのいろいろな能力を鋭敏にし、その朋輩が再び自分に伴うようになるまで活動を続けるのである。このようなわけで、夢は精神が機械とかスポーツとか娯楽からのがれ、その重荷を睡眠に委ねる時における精神の気晴らし、くつろぎと見なされる。

第二に、夢は軽快さと完璧さを表わすが、これは肉体から離れている時に精神が発揮する独特の能力である。精神はそのやっかいでのろまな朋輩と一緒になって行動している時、已れの仕事を邪魔されかつ遅らされる。しかし、夢の間、精神がいかに活発かつ多弁に已れを表明するかを見ると驚嘆してしまう。夢の展開のゆるやかさは、ほとんど、あるいは全然知らない言語を駆使しての即興的な長広舌やら軽快な対話を誘発する。精神の活動の中で創作ほど骨の折れるものはない。しかし、夢の最中では精神は目の醒めている時にはみられない器用さと機敏さをもって機能する。例えば、我々はみんな一度ならず本や新聞や手紙を読む夢を見たことがあるが、その創作ぶりは非常に真に迫っているから、精神はその作品を完全なものにするために自分からも示唆を行なおうと努めなければならない。

ここで『レリギオ・メディカイ』の一節を引用しよう。才知に富んだこの作品の作者[*1]は、夢を見ている時と目を醒まし思考している時の自分自身について、次のような説明を行なっている。「我々は夢の中の方が起きている時よりも自分のありのままの姿に近い。肉体の休息は精神の目覚めを助けるように思われる。感覚の束縛がみられるが、理性からの解放もみられる。我々が目覚めている時に考えることは、夢を見ている時に抱く幻想と一致しない……夢の中で私は一篇の喜劇作品をつくり上げることができた。筋を展開し、演技ぶりを把握し、自分の創作に笑いころげながら目覚めるのだった。私の記憶力が理性と同じ位忠実である時、これは実りの多いものである。しかし、私は自分の信仰については研究しても、自分の見る夢については研究しないだろう。我々が緻密な記憶力をもっていても、我々の夢の把握が抽象的であるがために、話がどんなものであったか忘れ、できるのはただ我々の目覚めている精神に、それの部分的で漠然とした話をしてやることだけ……かくして、観察ずみのことではあるが、人間は死への旅立ちに際して、度を越すほど自分自身について話したり、論じたりする。すなわち、精神は肉体の束縛から解放されたと感じ始め、あるがままの自分について論じたり、精神の不滅性について強圧的に述べたて始めたりするのだ」

第三に、感情は我々が眠っている時の方が精神により強い影響を及ぼす。歓喜と悲哀は他のいかなる時よりも強烈な喜びと悲しみの情を見せる。また信仰にしてもしかりで、先に挙げた優れた作家も言っているように、肉体が休息し、精神が昂揚している時はいつでもそのようになる。各人の性格により異なった風になるであろうが、人はそれぞれこの点に関して己れの経験に照らし合わせ、自らの意見を述べることであろう。私が強調したいことは、精神のもつ力がいかにすばらしいかということで、それは自分の一座をつくり出す力を持っているのだ。精神はおびただしい数の自分の創造物と語り、自分の想像力のつくり出す何万という場景の中に入っていく。精神は己れ自身の劇場であり、俳優であり観客でもある。このことはプルータルコスがヘーラクレイトス[*2]のものとしている次の言葉を想起させる。「目覚めている人は誰も共通の世界に住んでいるが、眠っている（夢を見ている）時は、各人自分だけの世界に住んでいると思っている。目覚めている時、自然界と対話するが、眠っている時は独自の世界と対話している……」また私は夢におけるうらないの力についてのテルトゥリアヌス[*3]の見解を忘れてはならないだろう。聖書を信ずる人は誰も、夢が効力を発揮してきたことを否定することはできない。さらに、古今を問わず聖俗の作家たちが数限りない例証を我々に見せてくれる。これらの漠然とした前兆や夜の幻が何か精神の潜在的な力から出てくるものであるか、あるいは下等な精霊の介入により起こるものであるか、これらの点に関してはこれまで学者たちが深く考察してきた。しかし、その存在は確かなものであり、迷信とか熱狂とかの疑いとは全く無縁の作家たちにより強調されてきている。

私は精神が肉体から完全に遊離しているとは思わない。精神が物質の中に過度にはまり込んでいたり、また目覚めている時のメカニズムにより肉体とごたまぜになり混乱したりしてはいないというだけで十分だ。肉体との結合の度合いを見ると、精神は十分な活動をするのに必要なだけ肉体から遊離しているわけだ。精神は自らのうちに沈潜し、浮かび上がる力を回復させているのである。

ジョーゼフ・アディソン「スペクテイター」紙第四百八十七号、ロンドン、一七一二年九月十八日付より

＊1―（原註）『レリギオ・メディカイ』とはトーマス・ブラウン（一六〇五～八二）の『医者の信仰』（一六四三年出版。この一年前、間違いだらけの海賊版がすでに現われていた）のこと。多岐のテーマに及ぶ、精神的かつ宗教的な深い考察のみられる、個人的な覚え書集で、一六三五年に書かれた。出版される以前に、そのコピーが流布していた。英語、ラテン語、フランス語、フランドル語、ドイツ語版が刊行され大成功を収め、ジョンソン博士をはじめとし、後にはラム、コールリッジ、カーライル、ブラウニングらから多大の評価を受けた。

＊2―ギリシャの哲学者（前五七六～四八〇）。万物が流転し、火が万物のもとであるという理論を唱える。

＊3―ローマのキリスト教護教論者（一五五頃～二二〇頃）。

## 名だたる神の贈物

すべての記憶力の中で唯一価値あるものは
夢を思い出すというあの名だたる神の贈物だけ

アントニオ・マチャード[*1]

＊1——セビーリャ生まれのスペインの詩人（一八七五～一九三九）。代表作は『寂蓼』、『カスティーリャの野』。

## カイドモン[*1]

カイドモンは永遠に続くであろうその名声を審美的な快感とは無縁のいくつかの理由に負うている。『ベーオウルフ』[*2]の武勲詩は作者不詳である。これに対し、カイドモンはその名前が今日まで残っている最初のアングロサクソン人の、つまり英国人の詩人である。「エジプト出国」や「使徒たちの運命」のタイトル名はキリスト教的だが、その内容は異教的である。これらの理由には、好奇心をそそるカイドモンの生涯をつけ加える必要があろう。ベーダ尊師[*3]はその『英国教会史』の第四巻の中で次のようにその生涯について書いている。

「この修道院長（ストレイオーンシャールハのヒルダ尼僧院長）の修道院に、神の恵みを授かった修道士がいた。なぜなら、彼は慈悲と信仰の歌をよく作っていたから。彼は聖書に精通した人たちから学んだものすべてを、この上なく甘美で熱烈な詩語に変えた。英国では多くの人が聖歌をつくるにあたり彼の模倣を行なった。彼において歌をつくる訓練は人為的な手段により行なわれたものではなかった。彼は神の助力を受けており、その歌をつくる力は直接神のもとから来ていた。それ故に、彼は決していつわりの歌とか手なぐさみの歌はつくらなかった。この人は非常に高齢に至るまでこの世に生き長らえていたが、詩のことは何も知らなかった。彼はよく宴会に出かけた。そこでは雰囲気を盛り上げるために、竪琴の伴奏でみんな順番によく歌ったものだが、竪琴が自分に近づいてくるたびに、彼は恥ずかしさのあまり立ち上がり家へと向かうのであった。ある時のこと、いつものように宴会の場を後にし廄へ行った。なぜならその夜の馬の世話を彼は委されていたから。彼が眠ると夢の中にひとりの男が現われ、「カイドモン、私に何か歌っておくれ」と頼んだ。カイドモンは「私は歌えません。だから宴会の席を抜け出し、寝に戻ってきたのです」と答えた。彼に話しかける人は「歌っておくれ」と言った。そこでカイドモンは「自分に何が歌えるというのです?」と言った。その答えは「あらゆるものの起源について歌っておくれ」というものであった。カイドモンはそれまで耳にしたこともない言葉で、次のような詩を歌った。「いま称えよう。天国の番人を、創造主の御力を、あのお方の誡《いまし》めを、栄えある神の御業を、そして、あのお方、永遠の神がいかにして驚異をひとつひとつお創りになったかを。初めに地上の子らのための天井として空をお創りになった。次に全能のお方は人間に地面を与えようと大地をお創りになった」。目覚めた時、夢の中で歌ったことすべてが記憶に残っていた。彼はこれらの歌詞に、同一の作風でもって神にふさわしい他の多くの言葉を付け加えた」

ベーダは尼僧院長がカイドモンの特異な力を調べるようにと修道士たちに申しつけたことにも言及している。その詩才が神により授けられたことがひとたび実証されるや、彼女はぜひにもと言って彼を修道院に迎え入れたのであった。「彼は天地創造、人類の起源、イスラエルの通史、エジプト出国、約束の地への入国、キリストの顕現と受難と復活、その昇天、精霊の降臨、使徒たちの教えを歌にした。また、最後の審判の恐怖、地獄の恐ろしさ、天国の至福も歌った」。この歴史家はさらに、カイドモンが後年自らの死期を予言し、眠りながら死を待ったことを付け加えている。神もしくは神の使が彼に歌を教えた。我々は彼が再びその使と邂逅したことを願うとしよう。

ホルヘ・ルイス・ボルヘス

＊1—七世紀後半のアングロサクソン人の詩人。夢のお告げにより初めて英語による宗教詩を書いたと言われている。

＊2—同名の伝説上の英雄を歌ったアングロサクソン族の叙事詩。七世紀から八世紀末頃までに成立したと言われている。

＊3—中世イギリスのベネディクト派の修道士、歴史家（六七三〜七三五）。「英国歴史の父」と呼ばれている。

# 区別するのがふさわしい

なぜあなたは内なる命令と夢とを比較したりするのか？　それが夢と同じように莫迦げていて、脈絡がなく、避けがたいもので、繰返し不能で、根拠のない喜びとか恐怖のもとであり、伝えようと躍起になってもその全体を伝えることができないものと、おそらくはお思いなのではないか？

フランツ・カフカ『八ツ折り版第四ノート』より

# 病める騎士の最後の訪問

みんなは彼のことを暗黒の騎士と呼んでいた。誰にも彼の本当の名前は決してわからなかった。思いもよらぬ時に彼が姿を消した今、彼について残っているものはただあの微笑の思い出とセバスティアーノ・デル・ピオンボ[*1]の描いた肖像画だけである。肖像画の彼は毛皮の外套に身をくるみ、手袋をはめている片方の手を、眠っている人の手のようにだらりとたらしている。彼をこよなく愛した人たちの中には（私もそのわずかばかりの人たちの中に入るが）、血の気がなく透明がかった土気色の彼の顔色、まるで女性のような軽やかな足どり、さらに、あのいつものけだるそうな眼差しを覚えている者がいる。

実際、彼は恐怖をまきちらす人であった。彼がそこにいるというだけで、ごく他愛もないものさえ幻想的な色合を帯びるようになった。すなわち、彼の手が何かに触れると、その物は夢の世界に入っていくように思われた……誰も彼の病気が何なのか、またなぜ自分の体に留意しないのかと尋ねたりしなかった。彼は昼も夜もいつも立ち止まらずに歩き廻っていた。誰も彼の家がどこにあるか知らなかったし、彼の親兄弟のことも知らなかった。彼はある日町に現われ、数年後のある日のこと、姿を消した。

姿を消す前日、空が白み始める頃に、彼は私を起こしに私の部屋にやってきた。私は額に彼の手袋の手の愛撫を感じた。あの微笑の思い出に似た微笑をたたえ、いつにも増して虚ろな眼差しをしていた。私は彼が夜の明けるのを今か今かと待ち望み、一晩中眠らなかったことを知った。彼の手は震え、体中が病熱の虜となっているように思われた。

私は彼にいつもより具合がよくないのかと訊いた。

「あなたはみんなと同じように、私が病気を持っているとお思いなのですか？　なぜ私が病気そのものだとおっしゃらないんです？　私が何かを持っているというのではなく、この私が誰かの所有物なのです。だから、私を持っている人がいるわけです」

彼の一風変わった弁舌には慣れっこになっていたから、私は何も言わなかった。彼は私の寝台に近づき、再びその手袋の手で私の額に触れた。

「もう熱は跡形もないですよ。すっかり健康で平静になっています。おそらくはあなたを恐がらせることになるかもしれませんが、私が何者か言ってもよいでしょう。たぶん二度と口に出しては言えないでしょうが」。彼は肘掛椅子に身をもたせかけ、大きな声でさらにこう言った。

「私は骨と肉をもつ人間から生まれた本物の人間ではありません。私は夢の中の人物でしかないのです。シェイクスピアのイメージはこの私に関する限りは、文字通りで悲劇的なほどまでに真実なのです。私は夢がつくられているものと同じものでできている！というわけです。この私は私を夢に見る人がいるから存在するのです。眠り、夢を見、私が行動し生き動きまわるのを見、またこの瞬間にも私がこのことすべてを話すのを夢で見ている人がいるのです。その人が私の夢を見始めた時、私は存在し始めたのです。私はあなたの長い夜の幻想の客人《まろうど》ですが、その幻想が非常に強烈なものだから、目覚めている人たちにも見えるようになったのです。しかし、目覚めの世界は私の世界ではありません。私の真の生は眠っている私の創造者の心の中で展開されるものなのです。私は謎とか象徴を用いたりはしません。私の言っていることは真実です。夢の中の俳優であるということが私を一番苦しめていることではありません。人間の生は夢の影であると言った詩人たちがいますし、また現実はひとつの幻覚であるとほのめかした哲学者たちもいます。しかし、私の夢を見ている人は誰なのか？私を浮かび上がらせ、目覚めると同時に私を消し去ってしまうその人は誰なのか？幾度私は眠っているその主人のことを考えたことか！……自分が何でできているか発見して以来、その答は私の心をゆさぶっております。あなたはこの問題が私にとっていかに重要なものかおわかりでしょう。夢の中の人物は十分なくらい自由を享受します。また、私には私の意志というものがあります。最初、相手を目覚めさせるという、つまり、自分を抹殺するという考えが私を震撼《しんかん》させました。私は道徳にかなった生を送ってきました。しかし、とうとう恥ずかしいばかりの興行の質に嫌気がさし、以前恐れていたこと、つまり、相手を目覚めさせるということを切に願うようになったのです。それで過ちを犯してしまったのです。しかし、私の夢を見ている人は他の人たちを震え上がらせているこの夢が恐くはないのだろうか？　この人は恐ろしい光景を楽しんでいるのか、それとも、それを問題にもしていないのだろうか？　この単調なフィクションの中で、私は私の夢を見ている人に言いますが、私は夢なのですよ。私はその人が夢を見ているということを夢で見て欲しい。自分が夢を見ているとわかった時、目を醒まさない人がいるだろうか？　いつ、いつ私はそれを行なおうか？」

病める騎士は左手の手袋を脱いだりはめたりしていた。彼が何かとてつもなく恐ろしいことを待ち受けていたのかどうかはわからない。

「私が嘘をついているとでもお思いですか？　どうして私は姿を消せないのです？　後生ですから、何か言って下さい。どうかこの退屈な亡霊を憐れと思ってやって下さい……」

しかし、私には何と言ってよいものやらわからなかった。彼は私に手を差し出したが、以前よりも背が高く思われた。彼の肌の色は透き通るようだった。小さな声で何か言ったかと思うと、私の部屋から立ち去った。その時から、たったひとりの者にしか彼は見られなくなった。

ジョヴァンニ・パピーニ[*2]『悲劇の日々』（一九〇六）より

＊1―ヴェネツィア生まれのイタリアの画家（一四八五～一五四七）。
＊2―フィレンツェ生まれのイタリアの作家（一八八一～一九五六）。

# 孔子、己れの死の夢を見る

ついに無力感が彼を襲った。もう七十三歳の夏で（紀元前四七九年）、自分の夢が何を意味するものかよくわかっていた。彼は子貢に知らせるように頼んだ。この者は孔子の偉大な弟子たちのうち一番最後に弟子になった人であった。子貢は急いで駆けつけたが、孔子は彼を迎え入れるというよりもむしろ別れの挨拶を告げた。師は彼に言った。

「わしはすわって散酒の儀式を待っている夢を見た。わしは二本の柱の間にいた。夏王朝の人たちはいまだ宮廷にて君臨しているかのように、その死者たちを東の階段に列座させていた。また周王朝の人たちは死者を客人用の場である西の階段に並べていた。殷王朝の人たちは二本の柱の間に死者を列座させていた。そこには主人もいなければ客人もいなかった。わしは殷王朝の王たちの末裔である。だから間違いなくわしは死ぬだろう。それでよいのじゃ。わしを使ってくれるような賢王がもはやいないからには」

数日後、彼は死んだ。魯の哀公の十六年、周の敬王の四十一年のことであった。

エウスタキオ・ワイルド『北京の秋』（一九〇二）より

# 白鹿

緑なる英国のいかなる田園のバラードから、
いかなるペルシアの絵から、また我々の
過去が内蔵する昼と夜のいかなる神秘の地方から、
私が今朝夢に見た白鹿はやってきたのか？
ほんの一瞬の出来事。牧場を横切り
幻の午後の黄金の中に姿を消すのが見えた。
かすかな記憶からつくられた取るに足らぬ生きもの、
かすかな忘却の中の片面しか持たぬ鹿よ。
この奇妙な世界をとりしきる神々は、
私にお前の夢を見せたが、私はお前の主《あるじ》ではない。
おそらくは深奥なる未来の曲がり角で、
再びお前に出会うだろう、夢の白鹿よ。

この私もまた、牧場と白さの夢よりも
少しばかり長く続くだけの醒めた夢。

ホルヘ・ルイス・ボルヘス

# よくあること

息子が私の死を悼んでいた。私は彼が柩《ひつぎ》の上に身を投げ出しているのを見ていた。私は駆け出していって、嘘っぱちだ、誰か他の、おそらく全く瓜二つの人なんだと彼に伝えたかったが、鰐《わに》がいるためにできなかった。鰐はそこの前の深い溝の中にいて私を飲み込もうと待ちかまえていた。私はあらん限りの声を出して叫んだが、通夜の客たちは息子に知らせるどころか、非難の眼差しで私を見ていた。おそらくは私がその猛獣をけしかけていると思い、自分たちが襲われるのを恐がっていたからであろう。クライドだけが私の方を見もしなければ耳を傾けもしなかった。葬儀社の男が小箱を携えてやってきた。彼はヴァイオリニストのように見えたが、中からバーナーを取り出した。もし本当ならすべては一巻の終わりだ、と私は思った。自分が生き埋めになるというのに、何ら抗弁ができないなんて。近所の人たちは最もつらい瞬間であるが故に、息子を柩から離れさせようとしたが、彼はしがみついていた。男が足側の蓋を溶接し始めたので、私はこれ以上我慢できなくなった。目を閉じ、確実に殺されることなどなんのその、溝の方に駆け出した。その後は、ただあご先への一撃を覚えているだけ。それは刃《やいば》による皮膚の削ぎ落としのようなものであった。おそらくは歯の一本に触れたせいか。溶接の熱さを感じた時、目が醒め、すべてを知った。クライドは正しかった。私は死んでいたのだ。同じ部屋に同じ人たち。私の哀れな息子はそこで嘆き続けていた。バーナーは私のふくらはぎの高さのところで音をたてていた。葬儀社の社員は閉じてない蓋の端を上げ、ハンカチを取り出し、私の傷口の血をふき取った。「よくあることさ」と彼は言った。「バーナーの火でね」

ホルヘ・アルベルト・フェランド『パロ・ア・ピケ』(一九七五)より

# 異議なし

神は何人《なんぴと》たりと前もって知らせずに懲らしめたりはしない。

オーリゲネース[*1]

＊1―ギリシャのキリスト教神学者、聖典注解者（一八五〜二五四）。アレキサンドリア生まれ。

## 故郷の夢

起きている間、空想に現《うつつ》をぬかしたり、その例のごとくの想像力を逞《たくま》しくしたりしなくなってからというもの、空想の職人たちはぼくの眠りの中で勝手気儘に動き廻っている。彼らの行動は首尾一貫してはいるものの華々しい騒動をまき起こしている。あの博学の気違いじみた先生がぼくに予言したように、ぼくは故郷の町の夢を見た。それは驚くほどに様変わりした村であった。しかし、ぼくはそこに入っていくことができなかった。やっとのことで足を踏み入れたかと思うと、目が醒めてしまい、いらだたしい思いに囚われた。ぼくはまた眠り、夢を見た。今度は薔薇の木があたり一面に浮かんでいる川沿いの、曲がりくねった道を通り、父の家に近づいていた。道の端では、ひとりの農夫が白い牛に金色の鋤を引かせ、畑を耕していた。畑のさくは農夫が宙に放り投げる種子でいっぱいになり、それらは私の頭上にも黄金の雨となって落ちかかってきた。

ゴットフリート・ケラー[*1]『緑のハインリヒ』(一八五五)より

＊1──ドイツ系スイスの写実主義の作家（一八一九〜九〇）。チューリヒ生まれ。

# 塔の郷士の見た夢

## Ｉ

ゴンサーロはその物語（冬の夜毎、首を切り落とされたもの静かな人が、その頭を両手でかかえ塔の並木道をさまよい歩いていたという話）を忌み嫌っていたので、バルコニーから離れ、大年代記を読むのを止めた。

「ヴィデイリーニャ、もう寝る時間だ。三時を過ぎている。いいかね！　ティトーとゴーヴェイアが日曜日にこの塔で食事をする。ギターとあまり陰気でない歌とを用意しておくように……」

彼は葉巻を投げ捨て、古びた居間のガラス窓を閉めた。その部屋には、彼が子供の頃からご先祖様の仮面と呼んできた、ラミーレス家代々の黒ずんだうら悲しい肖像画がたくさん掛かっていた。月の光を浴びた野原の静寂の中にいると、いまだに先祖の武勲の歌を耳にすることができた。

ああ！　あの大いなるいくさのさなか
よき王、ドン・セバスティアンは
小姓にて忠義の臣であった
ラミーレス家の末子に……

急いで十字を切ったあと、塔の郷士は眠りについた。寝室にて、体力をすっかり奪い尽くされるような恐ろしい夜が始まった。アンドレス・カヴァレイロとジョアン・ゴーヴェイアが、なんと見るも恐ろしい丸焼きの鯉《こい》の背中に乗り、鎖帷子《くさりかたびら》の姿で壁から飛び出してきた！　ゆっくりと悪意のこもった目くばせをしたかと思うと、彼の哀れなる胃袋に襲いかかり、マホガニー材の寝台の上で彼を呻《うめ》きのたうちまわらせた。そのあと、カルサディータ・デ・ヴィラ・クララの地で、鎧《よろい》の下の骸骨をきしませる身の毛もよだつような死人のラミーレスと、狼のような歯をきしらせるドン・アフォンソ二世[*1]が、ナバス・デ・トローサ[*2]の方へと彼を引きずっていった。彼は敷石にしがみつき抵抗し、ローザとグラシータとティトーの名を呼んだ！　しかし、ドン・アフォンソが籠手でもって彼の腎臓に痛烈な一撃を喰らわしたので、ガゴの居酒屋から幟《のぼり》や武器のきらめくモレーナ山脈[*3]の戦場へと彼はすっ飛ばされた。突然、彼のスペイン人のいとこでカラトラバ騎士団長のゴメス・ラミーレスが、黒い駿馬の上から身をのり出し、サラセン軍の嘲笑と、なんと四人の王のかつぐ輿《こし》に乗った叔母のローレードの嘆きの中で、残り少ない彼の髪の毛を抜き取ってしまった……ようやく、窓の隙間で夜が白み、燕が軒先でさえずり始めた頃、憔悴《しょうすい》し平静を失った郷士はシーツを投げ出し、床に飛び下り、鎧戸とガラス窓を開け、うまそうに別荘ののどかな大気を吸い込んだ。しかし、何という喉《のど》の渇き！　苦しいほどの渇きで、唇も麻痺してしまっている！　彼はあの名高いフルーツ・ソルトのことを思い出し、パジャマ姿のまま食堂へと走った。息をはずませながらヴィカ・ヴェリャ水のグラスにスプーン二杯ほど入れ、一気に飲み干した。「ああ！　なんという慰め！　なんとすばらしい慰めだ！」

彼は息も吐かずに寝台に戻り、すぐさまはるか彼方の中に寝入っていった。そこは草の生い茂るアフリカの牧場で、囁きを交す椰子の樹の下、金色の石の間から芽ぶいたまばゆいばかりの花が、刺激的な香りを漂わせていた。正午にベニートが心配になり、「博士様が遅いので」といって彼をその得も言えぬ悦楽郷から呼び戻した。

「ひどい夜を過ごしたよ、ベニート。悪夢と恐怖といさかいと骸骨の……あのいまましいハム・エッグのせいだ。それに胡瓜、何よりも胡瓜のせいだ！　朝方例のフルーツ・ソルトを飲んだが、今は最高の気分だよ、お前！……全く申し分ない！　仕事ができそうな気さえする。書斎にうんと濃いお茶を一杯運んでおくれ……それにトーストも何枚か」

＝

ゴンサーロの思考は抑えようもなくドニャ・アナとその胸元の開いた衣服、新聞を読みながら行なっているもの憂げな日光浴にむかい馳せていた。まったく、なんていうことだ！……あんなにも慎しみ深く、かぐわしく、輝くばかりに美しいドニャ・アナに、妻とするのにひとつだけ醜い欠点があるなんて。つまり、父親が肉屋だということだ。それから声、ビカ・サンタにおいて彼を驚きにうち震え上がらせたあの声……しかし、メンドーサはあの太くガラガラした響きも、睦みあうようになれば上品でほとんどなめらかなものになるさと確言していた……それに、数カ月も一緒に暮らそうものなら、あれ以上に不快な声にだって馴れてしまうものだとも！　だめだ！　彼女の父親が肉屋だという汚点だけは実際なんとも拭いがたい。だが、アダム以来のその何千という祖先の中に、肉屋のご先祖を持たない者があるだろうか？　栄えある家系の血筋をひいているよき郷士である自分だって、過去を引っ掻きまわせば、肉屋のラミーレスに出くわすことだろう。最初の代から顧客と共に飛び出してくるかもしれないし、あるいは幾世紀もの時代が経過するうちに、三十世代の祖先の中でぼやけてしまっているかもしれないが、わが家系の中に肉屋は必ずいたはずだ、庖丁と俎《まないた》と肉切れを持ち、汗にまみれた腕を血に染めて！

その考えは塔に行っても、またそのあと自分の部屋のバルコニーで蟬の声を聞きながら葉巻を吸い終えた時も、彼から去らなかった。横になり、瞼を閉じたが、いまだに自分の足が過去に、定かでない自分の家系の過去に向かい、歴史の糸の縺《もつれ》の中で肉屋を捜しているのを感じていた……彼はもう髭もじゃらの祖先のレセスビントが、黄金の玉を手にし君臨していた西ゴート王国の果てのさらにずっと彼方にいた。彼は喘ぎながら町々を通り過ぎ、マストドン*4の住む森の中に入り込んでいった。うなり声を発しながら仕止めた獲物と薪の束の番をしていた、放浪のラミーレス家の者たちとすれ違った。他の者たちも煙をたてる洞穴から出てきて、緑色がかった歯をきしらせながら、通りすがりの子孫に微笑みかけた。そのあと、寂寥とした荒野を黙々と歩き、霧の深い沼に着いた。泥の水際の、葦原の中で身をかがめ、獣のように毛むくじゃらの奇怪なひとりの男が、石斧を力強くうちふるい、人肉の断片を切っていた。ラミーレス家の者だった。灰色の空には黒い鷹が舞っていた。すぐさま、沼の霧の中からゴンサーロは、クラケーデのサンタ・マリヤと美しくかぐわしいドニャ・アナに向かって、数々の王国と時代越しに合図をし、「肉屋のご先祖様を見つけたぞ！」と大声で叫んだ。

III

ゴンサーロは絶えず、——サン・フェリーペ小学校以来ほとんどずっと——屈辱を味わい続けてきたというにがい確信を、頭の中で反芻《はんすう》していた。それらの屈辱はすべてほかの者の目からすれば、鳥にとって飛ぶことと同じくらい他愛もなく、明白なる意図によるものであったが、彼だけにとってはいつも苦しみと侮辱と不幸の結果に終わるのであった！　世に出るようになってから、気のおけない友をひとり選び、落ちついた親密な友情をかわすべく塔に連れてきた。だが、すぐにその男はいとも簡単にグラシータの心を我がものとし、恥ずかしめたあと捨てた！　そのあと彼は政界に入りたいというあのよくみられる願望を抱いた。だが、すぐに運命のいたずらによりうち負かされ、いまや強大な実力者であるあの男の権勢を頼りにせざるを得なくなってしまった！　その後彼との親交を再開し、自分の妹の堅い自尊心を信じ、クニャーエスの屋敷の門を友に開いた。だが、すぐに彼女は抵抗するどころか恰好な物陰が見つかるやかつての誘惑者に身をまかせた。彼はいますぐにも美貌と財産の持ち主である、ある女性と結婚しようかと考えた。だが、ヴィラ・クララから仲間がやってきて、「君の選んだ女は、いいかゴンサリートよ、愛人だらけの売女だぞ！」とこっそり耳打ちした。彼はその女性を崇高な深い愛情をもって愛しているわけではなかったが、彼女の美しい腕の中に己れの不安定な運命を託そうと決心した矢先のことであった。いかんともしがたい正確さで、屈辱は彼のもとにやって来た。

彼は墓のような広い寝台に横になった。枕に顔をうずめ、自分がかくも不幸なのがみじめになって涙ぐんだ。彼はヴィデイリーニャのうぬぼれ強い詩を思い起こした。

古いラミーレス家よ
ポルトガルの誇りと誉れ！

地に堕《お》ちた誉れ――貧弱なる誇り！　サンタ・イレーネの穴に入り込んでいるこの最後の子孫のゴンサーロと、ヴィデイリーニャの歌うあの偉大なラミーレス家の祖先の間には、なんという相違があることか！（もし史書や伝説が嘘をついていなければ）彼らはみんな勝利に満ちた堂々とした人生を送った。まったくもって、彼らから彼は伝統もほんのちょっとした勇気さえも受け継いではいないのだ！　彼の父は豪胆で立派なラミーレス家の男子のひとりで、有名なリオーサ参拝団の反乱の際、日傘を手にし、三丁のカービン銃に向かって突進していった。しかし、息子の彼はというと、あのどうしようもない脆弱《ぜいじゃく》な肉体という欠点をもって生まれついており、脅迫とか危険とか暗がりに直面しただけで、後じさりし逃げ出さずにはいられない……そうやってカスコからも逃げ出したし、街道とか旅籠《はたご》の裏で、金髪のもみあげの与太者が強がって悪態をついて見せようとして、理由もなく彼を侮辱した時も、彼は逃げ出した。

それで精神の方はというと……これも肉体と同じ脆弱ぶりで、影響力のあるものにはどんなものにでも身を委ねた。ちょうど突風に舞う枯葉のように！　なぜならば、いとこのマリーアがある日の午後のこと、そのきつい眼差しを和らげ、扇越しにドニャ・アナに関心を寄せるようにと助言すると、彼はすぐさま、希望に頰を染め、ドニャ・アナの財産と美貌の上に幸運と奢侈の見栄の塔をうち建てた。それで選挙の方は？　あの不運な選挙だって？　一体誰が彼を選挙に担ぎ出し、カヴァレイロとの不面目な和解と、それに続く不快な思いへと彼を導いたというのか？　ゴーヴェイアだ！　しかも通りでは聞こえよがしにそれが囁かれている！　しかし、それが何だというのだ！　彼ときたら自分の塔の中でさえもベニートに牛耳られているのだから。この者には頭ごしに、好み、散歩、食事、意見、ネクタイ等を押しつけられている！　彼のような男はいかに頭がよくても、何か生気のない塊のようなもので、それに対し世間は次から次へと多様で矛盾に満ちた型をあてはめてくる。

彼はパジャマに身をもぐり込ませた。四時が鳴っていた。閉じた瞼《まぶた》の裏に、祖先の異様な髭とか恐ろしいばかりの傷跡をもった昔の顔が浮かんだ。彼らは戦《いくさ》の鬨《とき》の声や晴れやかな行列の中で、号令を下したり相手をうち負かしたりすることに馴れた人の威厳をもって、満面に笑みをたたえていた。シーツの端からゴンサーロは、いにしえのラミーレス家の人々の顔を識別していた。さびだらけの鎖帷子、鋼の甲冑、先端に突起のたくさんついたゴート族の棍棒、あるいは舞踊用の剣を身につけた頑強な体が現われ出てきた。

あちこちの墓から先祖の人たちが、再興した一族の堂々たる会議に参集すべく、九代続いて聖職者とは縁のない屋敷に駆けつけてきた……白い武者袴をはき朱色の十字架をつけた人は、エルサレム攻略に馳せ参じた世界を股にかける男グティエレ・ラミーレスだ。老エガス・ラミーレス、彼は穢れのないわが家にドン・フェルナンド王[*5]と不貞のレオノール妃を迎え入れることを拒否した！　アルジュバロータ[*6]のまばゆいばかりの朝に、歌いながらカスティーリャの幟を振っているのは、吟遊詩人のディエゴ・ラミーレスでなくして誰であろうか？　それからパーヨ・ラミーレス、彼はフランスの聖王ルイ[*7]を救うべく武器を取った。ルイ・ラミーレスはポルトガルの海を通り逃げ出していくイギリスの軍艦に、旗艦の船首から微笑みかけていた。アルカセル[*8]の戦場で一命を落とした、王の旗手、お小姓パブロ・ラミーレスが、兜もつけず破れた胴鎧の姿で、いかにもやさしい祖先らしいきまじめな柔和さをたたえ、彼の方にそのあどけない顔を寄せてきた……ゴンサーロは先祖の人たちがみんな自分のことを愛し、無力な自分を助けに駆けつけ、オーリッケの戦い[*9]で使用した剣やアルシーリャの門の扉を叩き壊した斧を自分に手渡そうとしているのを感じた。

「おお、ご先祖様！　あなた方の武器が私にとって何の役に立ちましょう？　この私にはみなさんのような精神がないのですから」

彼は早く目が醒めた。頭の中は混乱していた。朝にむかってガラス窓を開けた。ベニートは博士様がひどい夜をお過ごしになったのかどうか知りたがった……

「全くひどいものだったよ！」


エッサ・デ・ケイロース[*10]『名門ラミーレス家』（一九〇〇）より

＊1―「肥満王」の異名をもつポルトガル王（一一八五～一二二三）。
＊2―スペインのハエン県にある村。一二一二年に行なわれたキリスト教徒と回教徒との戦いで有名。
＊3―スペインの山脈。中央台地とアンダルシーアのグアダルキビール川の間を東西に走る。
＊4―漸新世から更新世にかけて生息していた、ゾウに似た太古の大型哺乳動物。
＊5―ポルトガル王フェルナンド一世（一三四五～八三）。スペインの残虐王ペドロ一世の第二子。人妻であったレオノールを奪い王妃とする。
＊6―ポルトガルのエストレマドゥーラ県の町。一三八五年、ポルトガル王位をめぐる戦いで、ポルトガル側がこの地でカスティーリャ軍を破る。
＊7―フランス王ルイ九世（在位一二二六～七〇）のこと。
＊8―ポルトガルの町アルカセル・ド・サル。一二一七年、アフォンソ二世が回教徒の手より奪回する。

＊9―一一三九年、リスボン近郊のこの戦いでポルトガル王アフォンソ一世は回教徒側を破る。
＊10―ポルトガルの外交官、小説家（一八四五～一九〇〇）。ポルトガル写実主義文学の代表的作家のひとり。

## 礼儀

私は無傷の鹿がしくじった猟師に申し訳ないと謝っている夢を見た。

ナムル・イブン・アルバルード

## 夢と現実

この会話はアドロゲでなされたものである。当時おそらく五、六歳であった私の甥のミゲルは、地面にすわり猫と戯れていた。いつもの朝のように、私は彼にこう訊いた。

「ゆうべはどんな夢みたの？」

甥は私に答えた。

「森の中で道に迷ってしまい、やっと丸太小屋が見つかる夢を見たの。扉が開き、おじちゃんが出てきたよ」。それから急に怪訝な顔つきをして私にこう訊いてきた。「ねえ、言って、おじちゃんあの小屋で何をしていたの？」

フランシスコ・アセベド『ある司書の回想録』（一九五五）より

# ウルリケ

彼はグラムの剣をとり、
ふたりの間に抜身を置く
――『ヴォルスンガ・サガ』第二十七章

私の話は実際にあったこと、もしくは、すべての点で実際にあったことの個人的な記憶に基づいたものである。どちらでも同じことだが。事はごく最近起こった。しかし、私は状況的な特徴を挿入したり、また、強調を行なったりすることが文学上の習慣であることを知っている。だから、私とウルリケ（私は彼女の姓は知らなかった。おそらくこれからも知ることはないだろう）のヨーク[*1]の町での出会いをお話しすることにしよう。時間的な背景は夜から朝にかけてである。私がヨーク大聖堂《ミンスター》の「五姉妹」、すなわち、クロムウェルの配下の偶像破壊者たちでさえも敬意を払った、あの聖女たちの描かれたステンドグラスのそばで初めて彼女と会った、と語ったとしても何らかまわないのだが、実際は城壁の外側にある「北の宿」の小さなロビーで知り合った。そこにはあまり人がおらず、彼女は私に背を向けてすわっていた。ある人が彼女に一杯いかがと酒を勧めたが、彼女は断った。

「私はフェミニストです。男性のまねはしたくありませんわ。男のタバコもアルコールも嫌いです」と彼女は言った。

その言葉には妙に穿った調子がみられ、それを口にするのは初めてではないな、と思った。後になってその言葉が彼女らしくないことを知ったが、我々は時として自分に似つかわしくないことを言うものだ。

彼女は博物館に定刻を過ぎて着いたが、自分がノルウェー人だとわかると中に入れてくれたと話した。

そこに居合わせた者のひとりが言った。

「ノルウェー人がヨークの町に入るのは何も初めてではないでしょうに」

「その通りですわ」と彼女は言った。「でも、英国はかつては私たちのもので、私たちの失ったものなのです。手にする者もいれば失う者もいるのが世のならいのように」

私が彼女を見たのはその時だった。ウィリアム・ブレイク[*2]の文章に甘美な銀の娘とか怒れる金の娘という表現があるが、ウルリケにあっては金と甘美さとが同居していた。彼女はすらっとして背が高く、とがった顔立ちと灰色の瞳をしていた。その顔ほどではないが、彼女の漂わす穏やかな神秘の物腰は印象的であった。すぐに笑みを浮べたが、その笑みは彼女を遠ざけるように思われた。黒い衣服をまとっていたが、これは北国では珍しいことであった。かの地では、色彩でもってその土地の地味な感じを華やいだものにしようと努めるからだ。彼女は正確できれいな英語を話していたが、わずかばかり舌先を震わせる音が耳についた。私はよい観察者ではないから、こうしたことはだんだんとわかったことなのだが。

私たちは引き合わされた。私は彼女に自分がボゴタのロス・アンデス大学の教授だと言った。さらに、コロンビア人であることも明かした。

彼女は怪訝そうに私にこう訊いてきた。

「コロンビア人であるってどういうことですの？」

「わからない。一種の信仰みたいなものじゃないかな」と私は答えた。

「ノルウェー人であるっていうことと同じですわね」と言って彼女は頷いた。

あの晩話したことはそれ以上思い出すことができない。翌朝早く私は食堂に下りて行った。ガラスの窓越しに雪が積っているのが見えた。荒野が朝の中に消え失せていた。私たちの他には誰もいなかった。ウルリケは自分のテーブルに私を招いた。彼女はひとりで散歩をするのが好きだと言った。

私はショーペンハウアーの冗談を思い出し、こう言った。

「ぼくもだ。だからふたり一緒に出かけられるね」

私たちは宿を後にし、新雪の上におり立った。野原には誰も見当たらなかった。私は数マイル下流にあるソーゲイトに出かけようかと提案した。その時はもうウルリケに恋をしていたようだ。ただ彼女だけが自分の傍らにいて欲しいという気持だったかと思う。

突然狼の遠吠えが聞こえてきた。それまで狼の遠吠えなど聞いたことは一度もなかったのだが、それが狼だとわかった。ウルリケは顔色を変えなかった。

しばらくして、考えごとを声を出してするような調子でこう言った。

「昨日ヨーク大聖堂《ミンスター》で見た幾振りかの貧弱な剣は、オスロ博物館の大きな船よりもずっと感銘的でしたわ」

私たちの旅路は交差していた。ウルリケはその日の午後ロンドンに向けて旅を続け、私はエディンバラに向かうことになっていた。

「オックスフォード通りで、ド・クインシーがロンドンの雑踏の中で見失ったアンナを捜して歩いたあとを辿ってみようかと思っていますの」と彼女は言った。

「ド・クインシーは彼女を捜すのを止めたけど、このぼくは時を越え、捜し続けているんだ」と私は言った。

「もしかしたらその人が見つかったのではないかしら」と彼女は小声で言った。

私は予期しなかったことが自分を待ち受けていたことを知り、彼女の唇と目に口づけをした。彼女は穏やかなうちにも毅然とした態度で私を押し離し、それからこう言った。

「ソーゲイトの宿であなたのものになりますわ。お願いだからそれまでは触れないで。その方がよくはなくて」

もう若くはない独身の男にとって、相手側から差し出される愛はもはや予期だにしない贈物である。奇蹟は条件をつける権利を持っている。私はポパヤン[*3]での青年時代とテキサスで知り合った娘のことを考えた。彼女はウルリケと同じように清楚でやせていたが、私を愛してはくれなかった。

私はウルリケに自分を愛しているかと訊いたりするような愚かなまねはしなかった。自分が最初の男でもなければ最後の男でもないことはわかっていた。そのアバンチュールは私にとってはおそらくは最後のものだろうが、あの輝くばかりの大胆なイプセンの弟子にとっては、数多いアバンチュールの中のひとつであったろう。

私たちは手をつないで進んでいった。

「すべてが夢のようだ。ぼくは夢など決して見ないのだけれど」と私は言った。

「魔法使いに豚小屋で眠らされるまで、決して夢を見たことのなかったあの王様みたいに」とウルリケは言った。

さらにこう言った。

「ねえ、よく聞いて。いま小鳥が啼くから」

しばらくして私たちは小鳥のさえずりを聞いた。

「この地方ではね」と私は言った。「死にかけている人には未来のことが予見できると思われているんだよ」

「それじゃあたしもうすぐ死ぬのね」と彼女は言った。

私はあっけにとられて彼女を見た。

「森を横切って行こうか。その方が早くソーゲイトに着くから」と私は彼女に促した。

「森は危険だわ」。彼女は反対した。

私たちは荒野を通り進んでいった。

「この瞬間が永遠に続いてくれればいいんだけど」と私は呟いた。

「永遠になんていう言葉は人間には許されてはいないわ」。ウルリケはきっぱりと言った。そして、その強い口調を和らげるために話題をかえ、よく聞こえなかったから名前をもう一度言って欲しいと言った。

「ハビエル・オタロラ」と私は彼女に言った。

彼女はこの名前を繰返そうとしたができなかった。私も同じくウルリケ（Ulrikke）という名前が発音できなかった。

「あなたのことシグルド[*4]と呼びますわ」と彼女は微笑みながら言った。

「ぼくがシグルドなら、君はブリュンヒルド[*5]だ」と私は言った。

　歩調が遅くなった。

「君は『サガ』[*6]を知ってるかい？」と私は訊いた。

「もちろんよ」と彼女は言った。「ドイツ人が後年『ニーベルンゲンの歌』でもって台なしにしてしまった悲劇的な物語ですわ」

　私は議論はしたくなかったので、こう言った。

「ブリュンヒルド、君ったらぼくらふたりのベッドの間に剣が置いてあればいいのにといった歩き方しているね」

　気がついてみると私たちは宿の前にいた。それは先の宿と同じく「北の宿」という名であったが、私は驚かなかった。

　階段の上からウルリケが私に大声で言った。

「狼の吠え声が聞こえて？　英国にはもう狼はいないのよ。さあ急いで」

　上の階に上がると、壁にウィリアム・モリス[*7]風の、深紅色の地に果実と小鳥の絵のみられる壁紙が張ってあるのに気づいた。ウルリケが先に入った。暗い部屋は切り妻屋根のために天井が低かった。待ちに待ったベッドはぼやけた鏡に映りふたつになっており、光沢のあるマホガニー材は聖書の鏡を思い起こさせた。ウルリケはもう衣服を脱ぎすてていた。ハビエルと本名で私を呼んだ。雪が激しくなるのがわかった。もはや家具も鏡もなかった。ふたりの間を裂く剣もなかった。砂のように時は過ぎていった。暗がりの中で愛は何百年も流れ、私はウルリケの幻影を最初で最後、わがものとした。

ホルヘ・ルイス・ボルヘス

＊1―イングランド北東部、北ヨークシャー州の州都。
＊2―イギリスの詩人、画家（一七五七～一八二七）。
＊3―コロンビアの町。カウカ州の州都。
＊4―『ヴォルスンガ・サガ』の主人公。『ニーベルンゲンの歌』におけるジークフリートにあたる。
＊5―『ヴォルスンガ・サガ』における戦いの乙女のひとり。『ニーベルンゲンの歌』のブリュンヒルトにあたる。
＊6―中世北欧文学の一ジャンル。英雄や国王などの戦争や武勲を物語った散文。
＊7―イギリスの画家、詩人、工芸家（一八三四～九六）。叙事詩『シグルド王』を書いている。

# 幻想詩『夜のガスパール』第三の書

## 夜とその眩惑

### Ⅰ——ゴシックの部屋

Nox et solitudo plenae sunt diabolo.
（夜になると、私の部屋は悪魔でいっぱいになる。）
——教父

私は夜に向かって呟いた。「おお、大地は芳香を放つうてなであり、その雌しべと雄しべとは月と星である！」眠気で重い瞼で、私はステンドグラスの黄色い後光の中に受難の黒い十字架が嵌《は》め込まれてある窓を閉じた。せめて、竜と悪魔を誇る時間である真夜中に、私のランプの油の中で酔い痴れる者が、単なる地霊でしかないならばよいのだが！

死んで生まれたばかりの赤児を私の父の鎧の中に入れ、単調な歌であやす者が、乳母でしかないならばよいのだが！

額と肱と膝でノックする者が、お棺に閉じ込められたドイツ傭兵の骸骨でしかないならばよいのだが！

ところが、それはスカルボで、私の喉もとに喰らいつき、血だらけの私の傷口を焼《しよう》灼《しやく》しようと、竈《かまど》の熾《おき》でまっ赤に焼いた鉄の指を、その中に差し込む！

神よ、私の今際《いまわ》のきわに、司祭の祈りと亜麻布の経帷子《きようかたびら》、樅《もみ》のお棺と乾燥した場所とを与え給え。

——元帥閣下の祈禱

## II——スカルボ

「罪を許されて死のうが地獄に堕ちようが」とその夜スカルボは私の耳許で囁いた。「お前に蜘蛛の巣の経帷子を着せ、蜘蛛もお前と一緒に葬ってやろう」

目を赤く泣き腫らし、「おお、せめて湖の息吹が揺ってくれるよう、ポプラの葉を私の経帷子にしておくれ」と私は彼に答えた。

「だめだ」とこびとはせせら笑いながら答えた。「夕暮れどき、落日に目の眩んだ羽虫を獲りに出かける、甲虫の餌にしてやろう」

「それでは」と私はさらに泣き続けながら、「象の鼻をした毒蜘蛛に私が吸われた方がいいと思っているのかい」と言った。

「わかったよ、安心するがいい」と彼は付け加えた。「蛇革の金まだらの紐を経帷子にし、お前をミイラのようにそれでぐるぐる巻きにしてあげよう」

「聖ベニーニュの暗い地下納骨室の壁にお前を立てかけておいてやるから、そこから地獄の辺土《リンボ》にいる子供たちの泣き様を心ゆくまで聞くがいい」

## III――狂人

カロリュス[*1]、あるいはお望みならアニュル金貨を。
――王立図書館の写本

月は黒檀の櫛《くし》で髪を梳《す》き、螢《ほたる》のような光の雨で丘や牧場や森を銀色に染めていた。

大金持ちの地霊のスカルボは、私の家の屋根で、風見鶏の軋む音に合わせてデュカ金貨やフローレンス金貨を篩《ふる》い分けていた。それらは調子よく飛び上がり、贋金は通りの地面にばらまかれていく。

人気《ひとけ》のない町なかを夜毎さまよい歩く、あの狂人の笑いこける様ときたら、一方の目は月に注がれ、もう一方はつぶれている！

「月なんて糞くらえだ！」と彼は口の中でぶつぶつ言った。「悪魔の金を拾い集め、晒台《さらしだい》を買い込んで日なたぼっこでもしようっと」

しかし、相変らず月は出ていたが、ようやく沈んだ。スカルボは地下室で造幣機をつかい、デュカ金貨とフローレンス金貨を鋳造し続けていた。

一方、夜道に迷った一匹のかたつむりが角を前に出し、私の部屋の光り輝くステンドグラスの上で道を捜していた。

## IV――こびと

「お前さんが馬に乗るだって！」

「どこがいけないっていうんだい？　俺は度々リンリスゴウ[*2]のご領主様の猟犬に乗り突っ走ったことがあるんだから」

――スコットランド民謡

私はベッドから手を伸ばし、寝所の帳《とばり》の陰で、一条の月の光からかあるいは一雫《しずく》の露からか孵化《ふか》した、潜み隠れている蛾を摑まえた。

私の指に捕えられた羽を解きほどこうと身を踠《もが》く蛾は、私に芳香の身代金を支払った。

突然そのさすらいの小虫は飛び立った。私の膝に人間の顔をした奇怪で醜い幼虫を残していった。

「お前の魂はどこにあるんだい？　俺はそれに乗って行きたいんだ」。「私の魂は一日の疲れに跛《びっこ》をひく馴れ馬、今は夢の金色の寝藁《ねわら》で休んでいる」

私の魂は恐れおののいて逃げ出した。たそがれどきの蒼白い蜘蛛の巣を通り、ゴシックの黒い鐘楼の歯形のついた暗い地平線を飛び越えて。

しかし、こびとはいななきながら逃げていく私の魂にぶら下がり、その白いたてがみの綿玉の中で紡錘のようにまわっていた。

## V――月光

眠っている人たちよ、目を醒ませ。そして、今は亡き人たちのために祈りを捧げよ。

――夜警の触れ回りの声

おお、夜の、時が鐘楼で震える刻限に、カロリュス金貨のごとき鼻をした月を眺めることは何と心地よいものであることか！

ふたりの癩病《らいびょう》やみが私の家の窓の下にいた。一匹の犬が四つ辻で吠え、炉端のこおろぎが小さな声で予言を行なっていた。

しかし、間もなく深い静寂が私の耳許に広がった。癩病やみたちは、時計人形のジャックマールが女房を叩く音を聞くと、それぞれのあばら屋へと帰って行った。犬は、雨でかび臭く北風にかじかんだ夜警の槍の間を、全速力で走り抜けていった。そして、こおろぎは暖炉の灰の中の残り火の最後の光が消えるやいなや、眠り込んでしまった。

そして、――ああ、熱病とはかくも支離滅裂なもの！――私には月がしかめっ面をし、縛り首にされた人のごとく私に舌を出しているように思われた。

画家、ルイ・ブーランジェ氏に捧ぐ

## Ⅵ――鐘下の輪舞

昔、廃墟にかこまれた、ほとんど四角のがっしりとした大きな屋敷があった。今なお時計を戴いているその主塔は、あたり一面を見下ろしていた。
――フェニモア・クーパー

十二人の魔法使いが聖ヨハネ教会の大きな鐘の下で輪になって踊っていた。彼らはひとりずつ次々に嵐を呼び起こした。そして、私はベッドの奥から恐れおののきながら、暗闇を貫く十二の声を数えていた。

急に月は雲の背後に逃げ隠れ、稲妻と竜巻を伴った雨が、私の部屋の窓をむち打った。一方、風見鶏は森で驟雨《しゅうう》に襲われた見張り番の鶴のように、けたたましく啼いていた。

壁に掛かった私のリュートの第一弦がプツッと切れた。鳥籠の中でひわが羽ばたきをしていた。また、好奇心の強いある妖精が、私の机の上で眠っている『ばら物語』[*3]のページをめくった。

突然、雷が聖ヨハネ教会の頭上で炸裂した。妖術使いたちは瀕死の重傷を負い、倒れて消えた。はるか遠くの暗い鐘楼の中で、魔術の祈禱書が炬火《たいまつ》のごとく燃えるのが見えた。

そのものすごい輝きは、煉獄と地獄の赤い焔でゴシックの教会の壁を染め上げ、近くの家々の上に聖ヨハネ教会の巨大な姿を長々と映し出していた。

風見鶏はさびついてしまった。月は銀灰色の雲を横切った。雨はもはや屋根の軒からポツリポツリと雫を落とすだけ。微風がよく閉めてない窓をこじ開け、私の枕許に嵐で吹き飛んだ庭の花を投げ込んだ。

## VII——夢

ずいぶんとたくさんの夢を見たが、それらの意味するところはわからない。
——『パンタグリュエル』第三の書

夜であった。まず、——見たままのことをお話しすると——月の光を浴びた土塀のある修道院、曲がりくねったいくつかの小径の走る森、さらに、マントや帽子でうずまったモリモン*4がみえた。

つぎに、——聞いたままのことをお話しすると——死を告げる悲しい鐘の音が聞こえ、独房の悲嘆の啜り泣き、枝の葉一枚一枚をも震撼させる嘆きの声と残忍なあざ笑い、さらに、罪人を処刑の場まで連れていった、黒衣の悔悟者の唸るような祈りの声がその鐘の音に呼応していた。

最後に、——夢がどのように終わったかをお話しすると——処刑された人たちの灰の中でひとりの修道士が息をひきとり、柏の枝に吊された娘が苦しみもがいていた。で、私はというと、髪をふり乱した死刑執行人によって車輪の輻《や》に縛りつけられていた。

亡くなった修道院長オーギュスタン師はフランシスコ会原始会則派の僧衣に身をくるまれ、華燭の葬儀を受けるであろうが、愛人に殺されたマルグリットは四本の大ろうそくに照らされ、白無垢の経帷子にくるまれるであろう。

しかし、私はというと、最初の一撃で死刑執行人の棒はガラスのように砕け、黒衣の悔悟者の炬火は激しい雨に打たれ消えてしまい、群衆はあふれるばかりの速い水の流れに押し流され消え去っていった。――そして私は目覚めへと向かい、別の夢を追っていた。

## VIII――私の曾祖父

その部屋はすべてが元のままであった。ただ壁掛けがすっかりぼろぼろになり、蜘蛛が埃の中で巣をつくっていたこと以外は。

――ウォルター・スコット『ウッドストック』

風に揺れるゴシック調の壁掛けの中の尊い人物たちが互いに挨拶を交すと、私の曾祖父が部屋の中に入ってきた。――曾祖父が死んでからまもなく八十年になるが。

そこ！　まさしくその祈禱台の前のその場所で、私の曾祖父は跪き、しおり紐のところで開いてある黄色いミサ典書に髭で触れていた。

彼は一晩中お祈りを呟き、紫色の絹の肩マントの下で組んだ腕を一瞬たりと解くこともなければ、天蓋付きの彼の埃っぽいベッドに横たわる、子孫であるこの私の方に一瞥をくれることすらなかった。

そして私は、本を読んでいるように見えたが彼の目は空洞であったこと、また、彼の祈る声が聞こえたがその唇は不動であったこと、さらに、宝石類が輝いていたが彼の指には肉がついてなかったことに気づいて恐れおののいた！

そこで私は、自分が目覚めているのか眠っているのか、蒼白い光は月の光か明けの明星か、真夜中なのか明け方なのか自問してみた。

## IX――水の精《オンディーヌ》

……私には聞こえたかに思えた。
私の夢を魅了するそこはかとない調べと、

ときれとぎれに聞こえてくる哀愁をおびた優しい声の
歌にも似た、宙に広がる身近かな囁きとが。
——シャルル・プリュニョ『ふたりの妖精』

「聞いてよ、聞いて！　憂わしい月の光に照らされたあなたの窓の響の高い菱形模様に、この水の雫で触れているのは私、水の精オンディーヌ。また、あそこにご覧あれ、バルコニーから美しい星空と眠れる麗しい湖を眺める、波紋織りの衣をまとった城の奥方を。

波はみな流れを泳ぐ水の精《オンダン》たちにて、流れはみな私の宮殿へと向かう曲がりくねった小径。そして、私の宮殿は火と土と空気の織りなす三角の中、湖底に水でできている。

聞いてよ、聞いて！　私の父は緑の榛《はしばみ》の木の枝で、さざめく水を打っている。私の姉妹たちは泡の腕《かいな》で草花と水蓮とグラジオラスの咲く爽やかな島々を愛撫したり、釣りをしている髭もじゃらの枯れ柳をからかっている」

歌い終わると、彼女は私に指輪をはめ、オンディーヌの花婿になり、自分と一緒に宮殿を訪れ、湖の王になってくれるようにと懇願した。

これに対し、私が人間の女を愛していると答えると、彼女は顔をしかめ、恨めしそうに数滴の涙を流し、かん高い声で笑ったかと思うと、私の青いステンドグラスを白く染めて流れる俄雨の中に消え失せた。

## X——火の精《サラマンドル》

暖炉に祓い清められた一つかみの柊《ひいらぎ》を投じると、
ぱちぱちと音をたてて燃えた。
——シャルル・ノディエ『トリルビー』

「わたしのお友達、こおろぎよ、死んでしまったの？ 私の口笛に耳も貸さず、燃え盛る炎も見ないなんて」。しかし、こおろぎは火の精《サラマンドル》の言葉がどんなに愛情にあふれたものであっても、何も答えなかった。魔法にかけられ眠っていたからか、あるいは気まぐれにも腹を立てていたからかは知らぬが。

「さあ！ いつもの夜のように、私に歌をうたってちょうだい！ 紋章の三つの白百合が刻まれた鉄板のうしろの煤や灰の隠れ家から……」

これにもこおろぎは答えなかった。火の精はさめざめと泣き、もしやこおろぎの声ではないかと聞き耳を立てたり、炎を薔薇色、青、赤、黄色、白、紫色に変えながら音を立てたりしていた。

「私のお友達は死んでしまったのだわ！　あの方が死んでしまったのでは、私も死にたい！」ぶどうの蔓は燃え尽きてしまい、炎は熾の上をはいまわり、自在鉤に別れを告げた。そして火の精は餓死した。

## XI――悪魔の宴の時

こんな夜ふけに谷間を通るのは誰か？
――アンリ・ド・ラトゥーシュ『オーヌの王』

それはここだ！　小枝の下にうずくまる山猫の目の燐光がかすかに光る、今はもう草むらの茂みの中。

露や螢の光る草むらの髪を崖の闇に浸す巌の間。

松の樹冠に白い泡をたてて落ちかかり、城の奥に灰色の霧となって漂う急流のそば近く。

数知れぬ者たちが群れ集うが、薪《たきぎ》を背負い小径のために遅くなった年老いた樵《きこり》には、音は聞こえても姿は見えない。

柏から柏へ、丘から丘へと、何千もの雑然とし、気味悪く、おどろおどろしい叫び声が応答しあっている。

フム！　フム！　シッ！　シッ！　クク！　クク！

あそこに絞首台がある！　そこの霧の中からユダヤ人がひとり現われ、マンドラゴラの金色の光を頼りに、湿った草の中で何かを捜している。

アロイジュス・ベルトラン[*5]『夜のガスパール』（一八四二）より

＊1―〈原註〉昔の貨幣。
＊2―〈原註〉原文では英語 laird、スコットランドの領主の意。
＊3―十三世紀のフランスにおいて書かれた寓意と擬人法による教訓文学。
＊4―〈原註〉ディジョンにある処刑場。
＊5―フランスの詩人（一八〇七〜四一）。彼の唯一の作品『夜のガスパール』はボードレールに多大の影響を与えた。

# 準備

夢の中で、人間は将来のための修練を行なう。

ニーチェ

## 「ふたつの自分の間には何と大きな相違が!」

四百年頃、モニカの子にしてヒッポの司教で、後に聖アウグスティヌスの名で知られるようになるアウレリウス・アウグスティヌスは[*1]『告白録』を書いた。目の醒めている時、哲学倫理の概念やキリスト教の教義に没頭していたこの聖者は、夢の中で歪んだこととか不謹慎なことが現われてくることに驚きを隠すことはできなかった。「これは自分のなせる業ではなく、自分にふりかかってきたこと」と彼は言った。「ふたつの自分の間には何と大きな相違が!」それから司教は自分がそのような夢の内容に対し責任のないことを神に感謝した。実に聖者だけが自らに責任はないとし、心安らかにしていられるものである。

ロデリクス・バルティウス『数であるものと数でないもの』(一九六四)より

＊1――初期キリスト教会最大の教父(三五四~四三〇)。

# 神が魂に糧を与えるためにお使いになる方法

　しかし、誰にアテネでの第一日目を筆舌に尽くすことができようか？　ほとんど忘れかけていた子供の頃の夢が光と輪郭を取り戻し、確固たるものになるような時に。私たちは神々と観光客たちとの間を歩き、汗だくになり、ぶどう酒を飲んだ。物思いに沈んだりあるいは饒舌になったりするかと思うと、すぐに歌をうたいたくなったりあるいは黙り込んだりした。目は不必要なものは締め出し、永遠なるものに対しては大きく見開かれるものである。簡素なブラウスを着た娘とすれ違ったりすると、芸妓とか巫女《みこ》が頭に浮かぶのであった。私はエレクテウス神殿とそこの女人像列柱のそばを、ほとんど目もくれずに通り過ぎ、それらの古くからの女友達に対し無言の挨拶をした。パルテノンでは、イクティノス[*1]の叡智《えいち》が私には倍加して感じられた。神殿の完璧性とそれが風景の中に占める位置の巧みさ。アクロポリスから見える海ときたら！　いにしえのエーゲ海へと急いだ黒い帆舟《ほぶね》は、どのあたりを走っていたのであろうか？　さらに予期だにしなかったあの贈物、すなわち、これまでに食べた中で最もおいしいトマト。

夜になると、私はホテルのテラスで一、二時間過ごした。真昼のように明るいパルテノン。(あれらの石が黄色っぽい色をしているなんて知っていただろうか?)それにしても知らないことのなんと多いこと。私は一日の旅の印象が幻となって現われることを期待し、眠りについた。そのような夢は見なかった。見たのは神が魂に糧を与えるためにお使いになる方法についての夢であった。

アクリル製の管を通り(私はアクリル製のグラスも管も見たことはないのだが)穏やかなたそがれの光が私の胸までやってきた。それはふんわりと送り続けられてきていた。私にはその管が恵みを届けてくれる柔らかい補助的な心臓血管系であるかのように思われた。同時に(神は見えなかったが、そこにおられることは確実であった)言葉の火花を放つ繊維が、空間と静寂の名だたる知らせを私に送り届けてきた。群衆の声はすでに止んでいた。あの救済の埃はすべて私の内に残り、目の醒めている時には決して見出すことのできない安らぎと透き通った気分とに私は包まれていた。

朝食の時に、私は妻にこの夢を話して聞かせたが、(宗教的迫害のあった時代に生きていたら殉教者になっていたであろう)妻は、ただただ微笑むばかりであった。

私たちは神に対し何をすべきであろうか! 神はこれまで以上の存在にはならないだろうし、私とていかにとるに足らぬ者になり果てようと、これまで以下の存在にはならないであろう。だから、近いうちに私たちは出会うことになるだろう。

ガストン・パディーリャ『あるとるに足らぬ者の回想』（一九七四）より

＊1――紀元前五世紀のギリシャの建築家。アテネのパルテノンの建立者。

## 宰相の夢

陛下のお手紙を読んで、私は一八六三年の春に見た夢についてお話しする勇気が湧いてきました。それは政治的情況が最悪の事態に達していた時で、実現可能な解決策が全然見当たらない時でありました。

事態がこのような時、私は夜に次のような夢を見ました。（そして明くる朝、妻や他の人たちにその夢を語って聞かせました。）私は馬でアルプスの狭い道を通っており、道の右側は深い谷、左側は切り立った岩の絶壁でした。道はますます狭くなり、遂に馬が先に進むのを拒む地点までやって来ましたが、場所がないので引き返すことも馬から降りることも不可能でした。このような窮境にあって、私は左手に握りしめていた鞭で切り立ったなめらかな岩壁を叩き、神の名を呼びました。鞭は無限に伸びて行き、岩壁は倒壊し、私の眼前に広い道が現われ、道の奥には丘や森のある美しい風景が広がっていたのです。それはボヘミアの風景に似ており、そこをプロイセンの軍隊が軍旗をはためかせながら行軍しておりました。と同時に、私はこのことをどのようにしたら迅速に陛下にお伝えできるかと自問しておりました。私は満足し、勇気を得て目覚めました。そして、その夢は現実のものとなったのです。[*1]

ヴィルヘルム一世[*2]に宛てたビスマルクの書簡、一八八一年十二月十八日付より

＊1―〔原註〕一八六三年、ポーランドに動乱が起こった。デンマークのフリードリヒ七世の死はヨーロッパ諸国に新たにシュレスヴィヒ・ホルシュタイン問題を提示。一八六六年にはオーストリアに対する七週間の「電撃」戦争が起こった。

＊2―プロイセン王、ドイツ皇帝（在位一八六一～八八）。

# アロンソ・キハーノ、[*1] 夢を見る

男は新月刀や平原の出てくる
漠とした夢から醒め
髭に手をやり　手傷を負ったのか
それとも死んだのかと自問する。
月の下で呪いをかけた妖術使いどもは
もう追っては来ないだろうか？
何も感じない。ほとんど寒さも
晩年の持病の苦痛もほとんど。
郷士はセルバンテスの夢であり、
ドン・キホーテは郷士の夢であった。
二重の夢は彼らを混同させ　はるか以前に
起こったことがまた起こる。

キハーノは眠り夢を見る。戦争。
レパントの海と散弾。

＊1――ドン・キホーテの本名。

ホルヘ・ルイス・ボルヘス

## ある大統領の死

十日ほど前、私はたいへん遅く床に就いた。非常に重要な送信を待っていたからであった……すぐに夢を見始めた。死の硬直が私を包むかのように思われた。まるで数人の人たちが泣いているかのような、息をつまらせた啜り泣きが聞こえた。夢の中で私はベッドを離れ、階段を下りていった。階下においても例の啜り泣きで静寂が破られていたが、喪に服す人たちの姿は見えなかった。私は部屋から部屋へと渡り歩いていった。誰も見当たらなかったが、通りすがりに嘆き声が聞こえてきた。どの部屋にも明かりがついており、調度品は私には馴染のあるものであったが、悲しみで今にも胸が張り裂けんばかりのあの人たちはどこにいるのだろうか？困惑と不安とが私を襲った。このことすべては何を意味するのか？　かくもショッキングで不可思議な事態の原因を見つけ出そうと決心し、私は「東の間」まで進んでいった。そして、心穏やかならぬ驚きに遭遇した。霊柩台の上に経帷子をまとった遺体があったのだ。その周囲には衛兵や、遺体を悲しい目で眺める人々の姿がみられた。死者の顔は白い布で蔽われていた。またある者たちは深い悲しみにとらわれ泣いていた。「誰が亡くなったのかね、このホワイトハウスで?」私は衛兵のひとりに尋ねた。「大統領です」と彼は答えた。「暗殺されたのです」

コロンビア区の警察署長ウォード・ヒル・ラモン[*1]の覚え書より。彼はアブラハム・リンカーンがホワイトハウスで友人たちに自分の見た夢を語って聞かせた時、その場に居合わせた。それは大統領が一八六五年四月十四日、ワシントンのフォード劇場でジョン・ウィルクス・ブースの兇弾に斃れる数日前のことであった。

＊1――アメリカの弁護士（一八二八～九三）。リンカーンにより、コロンビア区の警察署長に任命され、一八六五年までその地位にあった。

## よき職人

信仰に篤いアントニウスがお祈りと断食をしていると、眠気が襲い、夢の中で天から声が降ってきて、彼の功徳もいまだアレキサンドリアの皮なめし職人ヨセフの功徳には及ばないと告げるのを聞いた。アントニウスが出かけていくと、その実直な男は尊い人の来訪に驚いた。「何らよいことをした覚えはありません」と皮なめし職人は言った。「私は役立たずの僕《しもべ》です。毎日この大きな町に陽が昇ると、ここの住民は老いも若きもみんなその善行ゆえに天国に入ることができるだろうと思うのです。ただこの私だけは別で、罪深い私は地獄に堕ちるにふさわしいと思うのです。この不幸ゆえに私は床に就く時悲しみにくれます。そして、悲しみはますます強いものになっていきます」

「わが子よ、まさしく」とアントニウスは言った。「そなたはよき職人として、家にいるままで何ら苦行をせずに神の国を手にした。それなのに、未熟者のこの私は、孤独の中に身をおくが、いまだにそなたの高みには到達できない」。それでもアントニウスは無人境に帰った。そして最初の夢で再び神の声が降ってくるのを聞いた。「悲しむでない。そなたは私の近くにいるのだから。しかし、誰にも己れの運命も他人の運命もわからないことを忘れてはならぬ」

『オリエントの行者たちの生涯』より

＊1──聖アントニウス（二五一〜三五六）。エジプトの行者で、修道院の創始者と言われている。

## 風月の鏡

ある年のこと、賈瑞《かずい》の病が重くなった。近寄りがたい鳳姐《ほうそ》の面影が日毎に彼を憔悴させていった。夜は悪夢と不眠症とに襲われた。

ある日の午後、ひとりの道士が通りでお布施を求め、恋の病を治しますと大声で触れていた。賈瑞は彼を呼んで来させた。道士は「薬ではあなたの病は治りません。いいものがありますから私の指示通りにお使いなさい。そうすればよくなります」。こう言って彼は袖口から曇りのない両面鏡を取り出した。それには「風月宝鑑」という銘が刻まれてあった。道士はさらに言葉を続けた。「この鏡は大虚幻境《たいきよげんきよう》の空霊殿《くうれいでん》から出たもので、邪風によって起こる病を治すという効めがあります。でも、裏面を見ることは控えて下さい。明日鏡を受け取り、病の回復を祝いにやってきます」。彼は差し出されたお金を受け取ろうとはしなかった。

賈瑞は教えられた通りに鏡の表の面を見たがびっくりして鏡を投げ出した。そこには髑髏《どくろ》が映っていたのだ。彼は道士を呪い、裏面を見ようとした。鏡の奥からきらびやかな衣装を着た鳳姐が彼に手招きをしていた。賈瑞は興奮し、鏡の中に入り込み、愛の行為を行なった。鳳姐は出口まで彼を見送った。賈瑞が目覚めると、鏡は表の面を見せており、再び髑髏を映し出していた。賈瑞は鏡の裏面での快感でぐったりとしていたが、もう一度見たいという誘惑に抗うことができなかった。鳳姐が手招きをし、彼は再び入り込み、欲情を満たした。このようなことが数回続いて起こった。最後の時に、ふたりの男が鏡から出てくる彼を捕え、縛り上げた。「一緒に参ります」と彼は呟いた。「でも、鏡は持って行かせて下さい」。これが彼の最後の言葉であった。彼は敷布を汚して死んでいた。

曹雪芹『紅楼夢』（一七五四頃）より

## メラニアの夢

私は馬車で雪の中を走っていたかと思う。光はもはやほんの小さな一点でしかなかった。私にはそれが消え果てるかのように思えた。地球は軌道から飛び出し、私たちはますます太陽から遠ざかっていった。私は生命の灯が消えようとしているのだと思った。目を醒ますと私の体は冷たくなっていた。だが、ひとりの憐み深い人が私の遺体の世話をしているのを見て心が慰められた。

ガストン・パディーリャ『あるとるに足らぬ者の回想』(一九七四)より

## 最後の審判の夢　もしくはされこうべの夢（一六〇六）

インディアス拓務院長官、レモス伯爵[*1]へ

閣下の御手許にこの赤裸なる真実をお送り申し上げます。真実とはそれを粉飾する人ではなく、受け入れてくれる人を求めるものでありますから。我々は今そのような人と共に祈願せねばならぬ（そうすることが最良ですので）そういう時にさしかかっております。真実の中にだけ安心が約束されています。我らの時代の名誉のために閣下が末長くご健勝であらせられんことを。

ドン・フランシスコ・ゴメス・デ・ケベード・ビリェーガス

**陳述**

閣下、ホメロスは夢がユピテルのもので[*2]、彼が夢を送り届けるのだと言っておりますまた、他の箇所では、夢は信じなければいけないとも書いています[*3]。信じなければならないのは、夢が重要な信仰に関するものであったり、王侯、貴族がそのような

ものを夢に見る時であります。それはちょうど博識なことこの上なく賞嘆すべきあのプロペルティウス[*4]が次の詩の中で書いていることからも推しはかることができます。

「夢が聖なる扉から出てくる時は、夢を軽んじてはならない。夢が聖なるものである時はそれを熟慮すべきである」[*5]

私がここ数晩見てきた夢が天から降ってきたものと考えるのは当を得たことと申せましょう。その夢は福者ヒッポリトス[*6]の書『世界の終末とキリストの再臨』で顔を蔽っていた時に見たもので、それが私が最後の審判の夢を見ることになった原因でありました。

詩人の家で最後の審判のことが（たとえ夢にせよ）現われるなんて信じがたいことですが、クラウディアヌス[*7]が『奪われたプローセルピナ』第二巻の緒言の中で書いているような理由で、その夢が私に現われたのです。彼はあらゆる動物は昼間行なうことを夜夢で見ると言っております。又、ペトロニウス・アルビテルは次のように言っています。

「犬は夢においても野兎の跡をかいで吠える」[*8]

さらに彼は裁判官について次のように語っています。

「そして彼は怯えた心に法廷が閉じこめられているのを認める」[*9]

さて、夢の中で、ひとりの若者が宙を駆けめぐり、力んでその美しい顔をいくぶん醜くしながら、ラッパを吹いているのが見えました。その音は大理石に当たりこだまし、死者たちの耳に達しました。すると突然大地全体が揺れ始め、互いに自分の片割れを求めてうごめき廻る許可が骨に与えられました。そして時が過ぎ（それはごく短い時間だったのですが）、かつて兵士であったり隊長であったりした者たちが、ラッパの音を戦闘の合図と思い込み、奮然として墓から起き上がるのが見えました。また、守銭奴たちは誰かに襲われるのではないかと思い、不安にかられ、悲嘆にくれておりました。また、虚栄と大食に現《うつつ》をぬかした者たちは、ラッパの音が強烈な激しい音であったので、舞踊会か狩猟の合図と勘違いしていました。

このことはひとりひとりの顔つきからわかりました。そして、ラッパの音が耳に達してきても、それが最後の審判を告げるものであるとは誰も思ってもみないようでした。やがて、魂の中のある者は吐き気を催し、又ある者は恐怖におののき、自分のかつての肉体から逃げようとしている様が目にとまりました。さまざまな人たちの姿を見て私は思わず吹き出してしまうと共に、彼らがお互い混ざり合っていても、間違って隣人の手や脚を自分の体に付けたりしない点に神の摂理を見、驚嘆してしまいました。ただ、ある一カ所の墓地においては、みんなが頭を取っかえひっかえしているように思われました。そして、魂が己れにぴったり合わない公証人が、自分の魂ではないと言ってそれからのがれようとしているのが見えました。

そのあと、最後の審判の日であることがみんなの知るところとなると、肉欲に溺れていた者たちが、自分に都合の悪い証拠品を法廷に持っていくまいと、己れの目を見つけられないよう願っている様は見ものでありました。また、同じ理由で、悪態をついた人たちは自分の舌を避けていました。また、盗人や人殺したちは自分の両手から逃げようとして、いたずらに足をすり減らしておりました。傍らを見やると、ひとりの守銭奴が埋葬された者すべてがその日蘇るものなら、自分の財布も同じく蘇るのではあるまいかと、ある者（この人は防腐剤をほどこされ、その内臓は別のかけ離れた所にあってまだ到着していなかったものですから、口をきくことができませんでした）に訊いているのが見えました。

しかし、笑ってもいられませんでした。というのも、これから先起こることを聞くまいと大勢の公証人たちが自分の耳を持っていきたがらず、躍起になってそれらから逃げ廻っている様を見て、同情の気持が湧きおこったからです。だが、耳を持たずに出かけていった者は、この世において盗人のかどで耳を切り落された者たちだけで、他の者たちはすべて耳なしですますわけにはいきませんでした。しかし、最も驚いたのは、魂をさかさまにつけ、五感のすべてを右手の爪の先に持っている二、三の商人の体を見た時でした。

私はこれらすべてを坂の高みから見ておりましたが、その時、私の足もとで、どいてちょうだいと叫ぶ声が聞こえました。私が退くと、大勢の美しい女たちが私のことを礼儀知らずとかがさつ者呼ばわりしながら、顔を出し始めました。これはこれまで私がご婦人方に敬意を払ってこなかったためであります。（このような女たちは地獄に行ってさえもこうした狂気じみた性向は失っていません。）彼女らは多くの人たちに自分たちの颯爽とした裸の姿を眺められていることに嬉々として外に出てきました。しかし、やがて神の怒りの日だということがわかり、また、その美貌も秘かに自分たちを告発していることを知ると、それまでよりも遅々とした足どりで谷の方に歩き始めました。七度結婚したある女は、すべての夫たちに対する言い訳をあれこれ考えながら行きました。またある女は、生前娼婦だったのですが、谷に着かないですむようにと、奥歯二本と眉を置き忘れてきたと何度も繰返して言いながら引き返し、道草をくっておりました。しかし、遂に審判の舞台に到着しました。そして、かつて彼女が堕落の手助けをした多くの男たちが、彼女を指差しながら大声で非難するのを見ると、彼女は捕吏の群の中に身を隠そうとしました。その者たちはまだその日は審判を受けないだろうと思ったからでありました。

この時、川岸の方でひとりの医者を追いかける大勢の人たちの騒々しい声が私の注意をひきました。その者が医者だということは後になり判決文の中でわかったことでした。彼らは時がくる前に理由もなくその医者によって殺され、それ故に地獄に堕ちていた者たちでした。彼らはその医者を裁きの場に出頭させようとやって来て、遂に、力ずくで彼を玉座の前に連れ出したのでありました。私の左側で誰か人の泳いでいるような物音がしました。見るとかつて裁判官であった人で、小川のまん中で手を洗っています。彼は何度もそうした行為を繰返していました。私は近づいて行って、どうしてそんなに洗うのですかと聞きました。すると、私に語るのには、生前ある種の取引きで手を汚してしまい、そんな手をしたままで神の御前に出頭したくないので、そこで懸命になり洗っているということでした。

悪霊の軍団が鞭、棒、その他の責め道具を手にし、裁きの場へとおびただしい数の居酒屋のあるじ、仕立屋、靴屋、本屋たちを連れてくる様は見ものでした。彼らは恐怖のあまり耳が聞こえないふりをしておりました。

そして、すでに蘇生していたのですが、墓から出たがりませんでした。彼らが行進していく道すがら、その物音にひとりの弁護士が顔を出し、何処にいくのかと尋ねました。彼らは「神の正義の裁きの場へ、その日が来たのです」と答えました。

これを聞くと、弁護士はさらに墓穴の中にもぐり込んでしまい、こう言いました。

「こうすれば後で歩く手間がはぶける、もっと奥深く堕ちていくことになっているのならば」

ある居酒屋のあるじは悲嘆にくれながら汗を流していました。たくさん汗を流していましたが、疲れ切っていたのでそれをぬぐうこともせず、歩を進める度にポタポタらしておりました。すると、悪魔のひとりが彼にこう言ったように私には思われました。

「もううんざりだぞ、水の汗を流し、俺たちにそれを酒だと偽って売ることなんか」

ある仕立屋は小さな体にまんまる顔、生えそこないの髭、それに輪をかけた出来そこないの男で、ただ次のような言葉を繰返すばかりでした。

「俺に何が掠められたというのだ。いつも腹が減って死にそうだったというのに?」

すると他の仕立屋たちは、彼が盗人だったことを否定しているのを見て、何だって自分の職業を軽蔑するのだと言いました。

彼らは追いはぎの一党に出喰わしました。両者は互いに敬遠し、相手を避けて歩きました。すると悪魔たちは、追いはぎはある意味では山猫のような野や山のちょろまかし屋であるから仕立屋の仲間に入れることができる、と言って彼らに襲いかかりました。相手と一緒に行くことを互いに恥として両者の間に喧嘩が起こりましたが、遂には一緒になって谷へとやって来ました。

彼らの後からは狂気が、その四天王で、この日のことなど全然眼中にない者たちである詩人、音楽家、恋をする人、勇者たちを従え一団となってやって来ました。彼らはある一角に陣取りました。そこではユダヤの仕置人と哲学者たちが互いに顔を見合わせておりました。彼らは教皇たちが栄光の座にいるのを見て、一緒になって次のように言っておりました。

「教皇たちはどうも自分らとは鼻のつかい方が違うらしい。俺たちときたら十バーラも離れたら自分の手で持ってきたものでも匂いがわからないのだから」

二、三人の検事が自分の顔を数えていました。時に応じいろいろな顔を持って暮らしてきたものですから、顔がたくさん余ってしまい驚いておりました。遂に彼らの静粛に！　という声が聞こえました。

毛の多い犬よりもふさふさとしたかつらをつけた大聖堂《カテドラル》の静粛係もまたみんなを静まらせていましたが、杖で叩く音が大きかったものですから、それを聞きつけて千人以上の役僧、少なからぬ配膳係、聖器番、小坊主の類、さらには司教、大司教、宗教裁判官までもが駆けつけてきました。この最後の三者は不信心にして冒瀆的な三羽鴉で、誰か己れにふさわしい者はいないかとそのあたりを漫然と捜し廻っていた良心を、我がものにしようと互いにひっかき合っておりました。

　神はあるがままのご自分をお見せになっておりました。すなわち聖者たちに対しては晴れやかな顔を、また、堕落した者たちには怒りの表情を見せておりました。太陽と星は神の口許からぶら下がり、風はなえておし黙り、水は岸辺で寝そべり、大地は自分の息子たちのことを気遣い、呆然としておりました。

　ある者たちはその悪い手本でもって自分たちをさらにひどい悪習に染まらせた人を脅迫していました。みんな誰もがもの思いに沈んでおり、心正しき人たちは何と言って神に感謝し、どのようなお願いをしようかと、また、心悪しき人たちは何と言って神に言い訳したものかと考えていたのでありました。

　守護天使たちは弁護を託された者たちについて行なうべき弁明を、その歩きぶりや顔色に表わしておりました。一方悪魔たちは報告書の写し、鞭、さらに訴訟書類を点検しておりました。遂に弁護人たちはすべて内側に、また、告発人たちは外側に席を占めました。十誡が狭き門の番をしておりました。非常に狭い門でしたので、断食で痩せ細った人でさえも、まだ体がつかえて入れないほどでした。

　片隅に不幸と疫病と悲嘆とが寄り集い、大声で医者たちを非難しておりました。疫病は、自分は人間たちを傷つけただけなのに、医者は彼らを殺してしまったと言っていました。悲嘆は、医者の助力がなかったら自分には誰も殺せなかっただろうと、また、不幸は、葬られた者たちはすべて両者の協力であの世に行くことになったのだと言っておりました。

そこで医者たちは亡くなった人たちの報告を始めました。そうして強情な者たちは彼らがもっとたくさん殺したと言い張りましたが、医者たちは紙とインクとカルテを手にして一段高い所に立ちました。そして死んだ人たちの名前が読み上げられるや、医者のひとりが出てきて大声で次のように言いました。

「某月某日、その者は私の診察を受けました」

次に、アダムによる弁明が始まりました。厳密にそれがなされているかどうかを見るために、りんごについてさえもたいへん厳しい報告が求められたので、ユダが次のように言う声が聞こえてきました。

「小羊をその当の所有者に売り渡したこの俺は、一体どんな弁明をすればよいのだ？」

初期のあらゆる教父たちが通り過ぎ、新約聖書がやってきました。そして、使徒たちはすべて「聖なる漁師」と共に神の傍らの椅子に腰を下ろしました。そのあと悪魔がやってきてこう言いました。

「この者は聖ヨハネが一本の指で示したお方を、五本の指で示した者、すなわち、キリストに平手打ちを喰らわした者だ」

彼はその訳を考えてみましたが、控えの場所に投げ飛ばされてしまいました。

立ち止まらずにどしどしと入ってくる司祭たちの剃髪に見とれていて王冠に蹴つまずいた六人の王たちの間に、貧しい者たちが割り込んでいく様は見ものでありました。ヘロデ王とピラトが顔を出しました。ふたりとも「裁判官」が輝かしくはあるが怒りに満ちた表情をしているのを見てとりました。ピラトは言いました。

「ユダヤ人共の言うがままになった者は、お怒りにふれても仕方あるまい」

また、ヘロデ王はこう言いました。

「わしは天国へは行けぬ。また、地獄の辺土《リンボ》に行っても、他の者たちから例の一件を聞いた幼児たちは、わしのことを二度と信用したがらぬだろうよ。それゆえ、地獄に行かざるを得まいが、いずれにせよあそこは名の知られた旅籠であるからよかろう」

この時、渋面の恐ろしいばかりの男がやってきました。そして、手を差し出しながら言いました。

「これが免許皆伝証だ」

みんなは驚きました。門番たちがお前は誰かと訊くと、彼は大きな声でこう答えました。

「極意をきわめた剣術の指南役だ。しかも、世界中で一番勇猛な。信じられないなら、ここにあるわしの武勇の証明書を見るがよい」。こう言って彼は懐から証明書を取り出そうとしましたが、たいへん急ぎかつ立腹していましたから、それを見せる時に地面に落としてしまいました。直ちにふたりの悪魔とひとりの捕吏がそれを拾い上げようと飛びかかりました。そして、捕吏がすばやく証明書を悪魔たちから奪い取るのが見えました。天使がやってきて腕を伸ばし、例の男をつかみ、とり抑えようとしました。すると男は身をかわし、腕を振り上げ、飛び上がってこう言いました。

「この拳骨を喰うと取り返しがつかなくなるぞ。わしは殺しの指南役だからな。わしのことをガレノス*10と呼んでもらいたい位だ。わしにやられた者が螺馬で運んでいかれたら、それこそその医者は藪医者ということになる。もし確かめたいなら、たっぷりとお目にかけよう」

一同の者は笑いました。色の浅黒い検事が彼に、自分の魂について何か知っているかねと尋ねました。さらに私には何だかわけのわからないことを、彼はあれこれと訊かれておりました。それに対し彼は、魂の敵にはどうフェイントをかけてよいものやらわからんと答えました。彼は一直線に地獄へ行くよう命じられましたが、それに対し、自分のことを数学の師範とでも思っているようだが、それはちがう、自分には直線とはどんなものかわからない、と言って反駁しました。直線が彼に教え込まれ、彼は「お次の人どうぞ」と言って飛び込んでいきました。

数人の食糧係が弁明にやってきました。(彼らが弁明しないうちに) やって来た群衆の騒がしい音の中で、廷吏のひとりが言いました。

「これらの者は食糧係です」

するとほかの廷吏たちが言いました。

「ちょろまかし野郎です」

ちょろまかし野郎という言葉を聞いて彼らは不愉快になり、大いに当惑しました。それでも、彼らは弁護士をつけてくれるよう求めました。すると、悪魔のひとりが言いました。

「そこに捨て札になった使徒のユダがいるから使うがいい」

彼らはこれを聞くと、書類を取り出しまさに読み上げようとしていた、別の悪魔の方に振り向いて言いました。

「誰も見ないで、さあ一勝負しましょう。負けたら無限に続く煉獄の苦しみを受けましょう」

その悪魔は腕ききの賭博師でありましたから、こう言いました。

「勝負したいって？　いいカードの持ち合わせもないくせして」

悪魔は自分のカードを見せ始めました。食糧係たちは悪魔が書類に目をやるや、自分の方からいさぎよく勝負に負けたことを認めました。

しかし、ある不運なパイ職人の後を追いかけてきた、ずたずたに切り刻まれた人たちの声ほど恐ろしい声はこれまでに決して聞いたことはありませんでした。自分たちの肉を何に入れたのか明らかにするよう彼らに求められると、彼はパイの中にと告白しました。彼らは自分たちの四肢を、それが誰の胃袋に入っていようとも取り返し、元通りにしてくれるよう求めました。

彼は審判を受けたいかと訊かれ、運を天にまかせ、はいと答えました。最初の容疑は兎の肉と偽って犬か何かの肉を用いたこと、さらに骨をたくさん入れたり、法律で決められている肉のパイではなく、羊や山羊、馬や犬の肉の入った別のパイをつくったことでありました。パイ職人はノアの方舟に乗った動物たちよりも多くの動物の肉が自分のパイの中に入っているということが立証されることを知って(というのもノアの方舟には鼠や蠅は乗りませんでしたが、彼のパイには入っていましたから)、皆に背を向けるやパイを口の中に放り込んでしまいました。

哲学者たちが審判を受けました。三段論法を用い自らの救済を図ろうとして、さかんに知恵を絞っている様は見ものでした。しかし、詩人たちに対する審判ぶりも大変注目に値するもので、彼らは悪いのはユピテルで、自分たちは彼の代弁をしているにすぎないことを神に信じさせようと躍起になっておりました。ウェルギリウス[11]はSicelides musae《シチリアの詩神たち》[12]の詩句を手にし、そこに書いてあることがキリストの生誕であると言いながら歩いていました。しかし、悪魔がひとり飛び出してきて、マエケナスとか[13]オクタウィアとか[14]何だかわけのわからぬことを口にし、今日は祭日だから持ってきていないが、ウェルギリウスが自分の角を幾度となく崇めたと証言しました。さらに悪魔はわけのわからぬことを口にしていました。そして、ようやくオルペウスが[15]やってきて、（長老なので）彼は詩人一同を代表して話そうとしましたが、再び冥界に入りそこから戻ってくる体験をするよう命じられました。また他の者たちも、彼の先導をつとめるために、一緒に出かけるよう命じられました。

彼らの次に、ひとりの守銭奴がやって来ました。何の用かと尋問され、さらに、この扉は十誡がそれを守らない者に対し番をしていることを聞かされました。すると彼は、守るという点に関して自分が罪を犯したなんてあり得ないと言いました。《汝、何よりも神を愛すべし》という第一条を読み上げ、自分は何よりも神を愛するがために、神以外のすべてのものを手に入れようとただただ願っていると言いました。《汝の神の御名を妄《みだ》りに口にするなかれ》については、自分は神の名を言って偽りの誓いをたてるものの、いつも莫大な利益を得るためにするのだから、妄りに神の名を口にすることにはならないと言いました。《汝、祭日を守るべし》については、祭日だけでなく就業日においても、自分は守ったり隠したりしてきたと言いました。《汝の父と母を敬え》に関しては、自分はいつも彼らの帽子を取ってさしあげたと、また、《汝、殺すなかれ》については、これを守るために食物を口にしなかった、食べることは空腹感を殺す（腹を満たす）ことだからと言いました。《汝、姦淫するなかれ》に関しては、お金のかかることについては先に言った通りですと言いました。《汝、偽証をするなかれ》にさしかかると、

「商売とはこうした貪欲なもの」と悪魔のひとりが言いました。「もしお前がかつて偽りの証言をしたと告白すれば地獄に堕ちることになるし、そうしなければ裁判官の前で嘘の証言をしたことになる」

守銭奴は腹を立てて言いました。

「天国に行けないのなら、時間を無駄にすることはやめにしよう」

彼はそうしたものさえ浪費することを拒んだのでした。

彼は自分の運命に納得し、己れにふさわしい場所へと連れていかれました。この時、多くの盗人たちが入ってきました。彼らのうち縛り首にされた者数名が救済されました。マホメットとルターとユダの前にいた公証人たちは（盗人たちが助かるのを見て）大いに元気づけられ、にわかに裁きの場へと入ってきました。それを見て悪魔たちは大笑いしました。

守護天使たちは奮闘し始め、弁護人として福音書の著者たちを呼び出しました。悪魔たちは告訴状の朗読を始めましたが、公証人たちが犯した罪について作成されていた訴訟書類に基づいてではなく、彼らが現世において作成した書類に対して告発

はなされました。冒頭部でこう言いました。

「主よ、これらの者たちの最大の罪は彼らが公証人だということです」

するとと彼らは（何らかのごまかしがきくのではないかと考え）大声で、自分たちは書記にすぎませんと答えました。

守護天使たちは弁護を始めました。

ある天使たちはこう言いました。

「彼らは洗礼を受けた者たちで、教会の一員です」

しかし、彼らについては他にあまり弁護できることもなく、弁論は次のような言葉で終わりました。

「とかく過ちを犯しがちな人間です。二度と過ちは繰返さないでしょう。さあ、人さし指をたて宣誓しなさい」

ようやく二、三の公証人が救済されましたが、悪魔たちは残りの者たちに言いました。

「もうわかっただろう」

悪魔たちは彼らに目くばせをし、他のある者たちの証言をしてもらうために、彼らがそこでは重要参考人であると伝えました。

彼らは自分たちがキリスト教徒であるがゆえに異教徒よりも重い罰を受けているこ

とを知り、キリスト教徒なのは何も自分たちのせいではなく、子供の時に洗礼を受けたのだから罪は代父母にあると申し立てました。実を申しますと、マホメットとユダとルターが公証人のひとりが助かるのを見て勇気を奮い起こし、まさに裁きの場に入っていこうとする様を見ましたが、彼らがそうし得なかったので、私は驚きました。彼らが裁きの場に出るのを妨げたのはひとりの医者でした。なぜなら彼が悪魔や彼を連行してきた者たちに追いたてられ、薬剤師と床屋と共に裁きの場に現われたからです。彼らに向かって、訴訟書類の写しを手にした悪魔のひとりが言いました。

「この薬剤師と床屋の協力のもとに、この医者の手で多くの者が死に追いやられました。今日という日のほとんどはこれらの者たちのためにあるのです」

天使のひとりが薬剤師に代わって、彼が貧しい者たちに無償で施し物をしてきたと弁護をしましたが、悪魔は彼の店の薬びんふたつが、戦闘における一万本の槍以上に危険きわまりないものであることが判明したと言い、その理由として、彼の店の薬のすべてがインチキなもので、それ故に疫病と結託してふたつの村を絶滅させたことを挙げました。

医者は薬剤師と一緒になって自己弁護をしておりましたが、遂に薬剤師の方は消え失せてしまい、今度は医者と床屋とが互いに相手に責任をなすりつけ合い、言い争っておりました。ある弁護士は正義を歪めたとのかどで地獄に堕とされました。見つからないようにとその弁護士の背後で四つんばいになっていた男が見つけ出されました。誰何《すいか》されると道化師だと答えました。しかし、悪魔のひとりがひどく腹を立てて反論しました。

「主よ、こいつはぺてん師です。今日何があるのか知っていたら、やっては来なかったでしょう」

彼は参りますという誓いをたて、その言葉通りに地獄へと出かけて行きました。

この時、大勢の居酒屋のあるじたちが裁きの場に出されました。彼らは葡萄酒と偽って水を売り、多くの喉の渇きを騙し討ちにしたかどで告発されたのでした。これらの者たちは、生前病院にミサのための生葡萄酒を寄贈していたことを頼みとし、やってきておりました。しかしながら、それは何の役にも立ちませんでした。また、仕立屋たちも同様で、幼児イエスの御像に衣を着せてあげたと言いましたが無駄でした。かくして彼らはみんな、当然予期されたように、地獄へと送られました。

三、四人の裕福なジェノバ人たちがひどく勿体ぶった様子でやって来て、席を求めましたが、これに対し悪魔のひとりが言いました。

「我々からさえも座席が克《か》ち取れるとお前たちは思っているのか？　ここではそうはいかないよ。今度ばかりは計算違いをしたようだな。なぜならお前さんたちの銀行《バンコ》は破産してしまったから、つまり、長腰掛《バンコ》は壊れてしまったからな」

神の方に顔を向け、悪魔のひとりが言いました。

「主よ、他の者たちはみな自分のものについて報告したのに対し、これらの者たちはむしろ他人のものとかみんなのものについて申し述べております」

彼らに対する判決が下されました。私にはそれがよく聞こえなかったのですが、彼らは消え失せてしまいました。

非常に正義漢ぶった騎士がやってきました。一見したところでは、彼を待ち受けている当の正義の裁きと競わんがばかりでした。彼は手で水溜りの水を掬う人たちのごとき大仰な仕草でもって、一同の者に何度も会釈をしました。非常に大きなカラーを付けていたので、頭がついているのかどうかわからないほどでした。神に代わって門番のひとりが、人間であるのか否か訊くと、彼は大変恭しく人間ですと答えました。さらに、騎士たる身分に誓ってその確かな証拠をお見せ致すならば、自分の名は何の某と申すと言いました。悪魔のひとりがそれを一笑に付して言いました。

「思い上がりのかどでこの若者は地獄行きだ」

何が望みかと尋ねられると、彼はこう答えました。

「救われることです」

彼は悪魔たちのもとに送られ、臼でひかれ痛めつけられることになりました。しかし、彼は自分のカラーが台無しになりはしないだろうかとそればかり気にしておりました。彼の後からひとりの男が大声で喚き立てながら入ってきました。彼はこう言っていました。

「大声を立てているからって、何も異議の申し立てに来たのではありません。私は天におられる聖者たちみんなを、少なくとも、大方そのすべての方々をお叩き申し上げてきました。一同の者は叩くという言葉からディオクレティアヌス[*16]かネロが現われたものとばかり思っておりましたが、やって来たのは、祭壇の聖像にはたきをかける聖器番の僧でした。これでもって救済を受けるところでありましたが、廷吏のひとりが、この聖器番は自分でランプの油を飲んだのに、その罪を梟《ふくろう》になすりつけ、故に梟は罪もないのに殺されるはめになったと申し立てました。さらにその廷吏は彼が自分の身につけるために聖像から装飾物をむしり取っていたこと、聖像が亡くなりもしないのにその遺産相続をしていたこと、また、ミサ料の上前をはねていたことについても言及しました。

彼は何か弁明を行ないましたが、左手の道を行くよう指示されました。

着飾った婦人たちが数人裁きの場に現われ、醜い悪魔たちに対し嬌態《しな》をつくり始めました。天使のひとりは聖母に、それらの者が生前強い信仰をもってその御名を口にしていたから、救ってやって下さるよう頼みました。すると悪魔が、彼女らはまたその貞操の敵でもあったと言って異議を唱えました。

「それは確かです」と生前不義を働いたある女が言いました。

　悪魔は彼女が八人の肉体を夫としたこと、さらにそれぞれの結婚で千回の情交をかわしたと言って彼女を告発しました。この女だけが地獄に堕ちることになりましたが、彼女はこう言いながら出かけていきました。「地獄に堕とされるとわかっていたならばねえ、祭日にミサを聞きに出かけたりなどしなかったのに！」

　これですべてが終わりという時に、ユダ、マホメット、マルティン・ルターが引き出されました。悪魔が三人のうちの誰がユダかと訊くと、ルターとマホメットは口々に自分がそうですと言いました。するとユダが進み出で、大声でこう言いました。

「主よ、私がユダです。あなたは私がこの者たちよりもずっとよい人間であることをご存じでしょう。なぜなら、私はあなたを売りはしましたがそれによって世界を救いました。これに対し、この者たちは自分自身とあなたを売ることにより、すべてを破壊したのですから」

　彼らは御前から去るよう命じられました。訴訟書類の写しを手にしていたひとりの天使が、性悪な捕吏たちの裁判がまだ残っているのに気がつきました。彼らが呼ばれ、悲しそうな表情をして裁きの場に顔を出した様子は見ものでした。彼らはこう言いました。

「我々は有罪であることを認めます。何ら調べたりする必要はありません」

彼らがこう言い終わらないうちに、天体測定器と天球儀を携えたひとりの占星術師が大声で、みんなは騙されている、今日は最後の審判の日ではない、なぜなら土星はその運行を止めていないし、地響きも土星によるものではないからと言いながら入ってきました。悪魔のひとりはそちらの方を振り向き、彼が板切れや紙を携えているのを見てこう言いました。

「お前さんは生前天界のすべてを扱ったが、まだひとつ死後の冥界が残っているので、まるでお前さんが地獄に行くようになることを心得ているかのように、地獄の業火を燃やす薪を持ってきているな」

「そんな所、私は行きませんよ」と彼は言いました。

「それでは、連れていかせるまでだ」

これで弾劾訴訟及び裁判は終わりました。

暗闇が元の場所へと退き、大気は新鮮な息吹を帯び、大地には花が咲き乱れ、空は晴れ渡りました。キリストは自らのうちに幸いなる者たちを休息させるべく昇天しました。この私は谷間に残り、そこを歩き廻りましたが、地の底から騒々しい音や嘆き声が聞こえてきました。

何事か見ようと近づいてみますと、深い洞穴（地獄の喉元）の中で多くの者が苦しんでいるのが見えました。それらの者の中のある弁護士は、スープほどではないが法律を掻き回しておりました。またある公証人は、生前決して読もうとはしなかった文字だけを食べていました。そこには地獄の什器類が見えました。地獄に堕ちた者たちの衣類は釘とかピンにではなく、獄吏たちの肩に掛かっていました。ある守銭奴はお金よりはむしろ苦痛の数をかぞえ、ある医者は便器の上で苦しみ、また、ある薬剤師は苦しんで浣腸器を用いておりました。

これを見て私は大笑いしてしまい、その笑い声で目が醒めました。不思議なことに、このような陰気な夢に驚くというよりはむしろ愉快な気持になっておりました。

これが私の見た夢でございます。もし閣下が私の夢に思いをめぐらしつつお休みになれば、私と同じようなものをご覧になることにより、私が申し上げていることと同じことをお望みになることでございましょう。

フランシスコ・デ・ケベード『この世の身分、職業における濫用、不正、欺瞞を暴き出す、真実についての夢と陳述』(一六二七)より

＊1――ペドロ・フェルナンデス・デ・カストロ(一五七六頃～一六二二)。ローマ大使、インディアス拓務院長官、ナポリ総督を歴任。

＊2――〔原註〕『イリアス』第一巻六十二行。

＊3――〔原註〕『オデュッセイア』第十九巻五百六十二行以下。『アエネイス』第六巻八百九十四行以下。

＊4―セクストゥス・プロペルティウス（前五〇頃～前一六頃）。ローマの詩人。
＊5―〔原註〕『エレゲイア』第四巻七行。
＊6―ローマの司祭（一七〇頃～二三五）。当時のローマ、キリスト教会の最高の学者とみなされている。
＊7―アレキサンドリア生まれのローマの詩人（三七〇頃～四〇四頃）。
＊8―〔原註〕『サテュリコン』百四。
＊9―〔原註〕『サテュリコン』百四。
＊10―クラウディオス・ガレノス（一二九～一九九）。ギリシャ人の医学者。マルクス・アウレリウス帝時代の宮廷医。
＊11―プブリウス・ウェルギリウス・マロ（前七〇～前一九）。ローマの詩人。十篇からなる詩『牧歌』及び叙事詩『アエネイス』の作者。
＊12―〔原註〕ウェルギリウスの神秘的な『牧歌』第四歌の最初の語句。
＊13―ガイウス・マェケナス（前六九～前八）。ローマの政治家。ウェルギリウス、ホラティウス、プロペルティウスら芸術家の擁護者として名高い。
＊14―アウグストゥス帝の姉（前七〇頃～前一一）。二度目の結婚でマルクス・アントニウスの妻となる。
＊15―ギリシャ神話で、竪琴の名手。その妻エウリュディケを求めて地獄に下りていき、連れ戻そうとする。
＊16―ダルマキア生まれのローマの皇帝（二四五～三一三）。キリスト教徒への迫害で有名。

## 夢と運命

クロイソス王はソロンが地上の富を軽蔑し、万物の終わりの時にのみ関心を抱くがゆえに、この名高き賢人をサルディスから放逐してしまった。クロイソスは自分が最も幸福な人間だと思い込んでいた。そこで神々は彼に懲らしめを与えることに決めた。王は勇猛な息子であるアテュスが鉄の穂先の傷がもとで死ぬという夢を見た。そこで彼は、種々の槍や刀を女たちの部屋にしまい込むよう命じ、息子を結婚させることに決めた。そのような時に、手を血に染めた男がやってきた。彼はアドラストスという、王家の血をひくフリュギア人で、ミダスの子であった。彼は自分をかくまい穢れを祓ってくれるよう求めた。あやまって兄弟のひとりを殺し、一族のもとから追放されたとのことであった。クロイソスはふたつの願いを聞き入れてやった。

その時ミュシアに恐ろしい猪《いのしし》が現われ、すべてをこなごなに破壊した。恐怖におののいたミュシア人たちはクロイソスに勇敢なアテュスと他の若者たちを送ってくれるよう求めた。しかし、王は息子が結婚したばかりであり、私用で忙しいと言って釈明した。アテュスはこのことを知ると、自分に恥をかかせないようにと王に懇願した。クロイソスは夢の件を息子に話して聞かせた。「それでしたら何も恐れることはありません。猪の牙は鉄でできていませんから」とアテュスは言った。父王はその通りだと思い、アドラストスに息子と一緒に行ってくれるようにと頼んだ。このフリュギア人は喪中ではあったが、クロイソスに対する恩義からこれを承諾した。狩猟の間、アドラストスは猪を槍で突こうとし、誤ってアテュスを殺してしまった。クロイソスは運命の神が先に夢で現われたことから宿命と諦め、アドラストスを許してやった。しかし、この男は不幸なる王子の墓の上で自刃した。ヘロドトス[*1]は全九巻からなる『歴史』の第一巻の中で以上のように語っている。

*1――ギリシャの歴史家（前四八四頃〜四二八頃）。歴史の父と呼ばれる。

## 魂と夢と現実

実際、眠っている人の魂はその肉体を離れてさまよい歩き、いろいろな場所を訪れ、さまざまな人に会い、夢の中で見ていることを実行するという風に考えられている。ブラジルのグアヤナス[*1]のインディオは深い眠りから醒めると、自分の肉体がハンモックに身動きさせぬまま横たわっている間に、魂の方は夢の中に出てきたものを実際に捕獲したり、釣ったり、木を伐採したりしていたと確信する。ボロロ族[*2]の一部落全体が、部族のある者が敵がひそかに近づいてくるという夢を見たことにより、恐慌をきたし、まさに移住しようとしたりした。健康のすぐれないマクーシ族[*3]のある男が、雇主が自分に航行困難な急流の数々をカヌーでのぼらせるという夢を見た。翌朝、彼は哀れな病弱者に対する配慮が足りないと言って、痛烈に雇主を非難した。グラン・チャコ[*4]のインディオたちは、自分たちが見聞した信じられないような話を語って聞かせる。するとよそ者たちは彼らが大のうそつきだと言う。しかしインディオたちは、それらの不思議な冒険が単に夢に現われたということだけで、その話が本当のことだと確信し、それを目の醒めている時に起こることと区別することができない。
　ダヤク族[*5]の者は水に落ちる夢を見ると、祈禱師に霊魂を手で掬い取り、容器に入れ、返してくれるようにと頼む。サンタリ[*6]の人たちは次のような夢を見た男の話をする。眠っている時にたいへん喉が渇いたので、その男の魂は蜥蜴の姿になり肉体を離れ、水を飲みに瓶《かめ》の中に入り込んだ。しかし瓶の持ち主がそれに蓋をしてしまい、男は魂を取り戻すことができなくなり、死んでしまった。葬式の準備をしていた時、誰かが瓶の蓋をとると、蜥蜴がぬけ出してきて遺体のもとに帰り、死者は蘇生した。そして井戸に水を飲みに行き中に落ち、なかなか出てくることができなかったと彼が言うと、みんなはそれを信じた。

ジェイムズ・ジョージ・フレイザー[*7]『金枝篇』（一八九〇）より

＊1―アマゾン川の北部にあるブラジルの高原。
＊2―チャド共和国、中央アフリカ共和国、カメルーン、ナイジェリアに住むアフリカの遊牧民族。
＊3―ブラジルのブランコ川流域に住むインディオの一種族。
＊4―ボリビアの州。州都はヤクイバ。
＊5―ボルネオ島に住むインドネシア語系の一民族。
＊6―ベンガル、アッサム地方の住民。
＊7―イギリスの民族学者（一八五四～一九四一）。

# 職業に貴賤なし

ある善良な男が神に、天国において誰が自分の朋輩になるのか明かしてくれるよう求めた。答は夢の中で現われた。「そなたの町内の肉屋じゃ」。男は相手があまりに平凡で無学な人物であるために悲嘆にくれた。彼は断食をし、お祈りの中で再び神に求めた。また夢を見た。「そなたの町内の肉屋じゃ」。その男は泣き、祈り、嘆願した。再び夢が彼を訪れた。「実際、もしそなたが信心深くなければ懲らしめてやるところなのじゃが。相手の行ないも知らぬというのに、その人が蔑むべき人だとどうしてわかるのかね?」そこで男は肉屋に会いに行き、彼の暮らしぶりについて尋ねた。相手の男は貧しい者たちに、自分の稼ぎと生活必需品とを分け与えており、多くの人たちがそのようにするのが望ましいと言った。その時さらに思い出して言うには、ある時のこと、お金をどうにか工面して、兵士たちの捕虜になっていた娘を請け戻したとのことである。そして彼女に礼儀作法を教え込み、自分の一人息子の嫁にふさわしいと思うようになった矢先に、悲嘆にくれる異国の若者がやってきて、ここに兵士たちにかつて掠奪された子供の頃からの許婚《いいなずけ》がいるという夢を見たと言った。肉屋は躊躇《ちゅうちょ》せず娘を彼に引き渡した。「まさしくあなたは聖者です！」と好奇心が強く夢想家のその善良な男は言った。彼は心の奥底で、夢の中でもう一度神に会い、自分にすばらしい来世の友を用意してくれていることに感謝したい、と願った。神は寛大であった。「わが友よ、職業に貴賤はないのじゃ」

ラビ・ニシム『イエスのすばらしいお話』より

# 地獄篇、第五歌

夜ふけに突然目覚めてみると、とてつもない深淵の縁にいた。私の寝台の端では、灰暗い岩を切断している断層が崩れ落ちて半円形をなしていた。かすかに漂うむかつくような蒸気と黒っぽい鳥の飛翔とで、その輪郭は判然としなかった。溶岩でできた断崖道の、目も眩むような場所に、ほとんど宙ぶらりんの形で立って、月桂冠をかぶった嘲笑的な眼差しの人物が私に手を差し出し、降りてくるように手招きしていた。

私は夜の恐怖に襲われ、人間の内奥への探険はすべていつも皮相で空虚な言葉の遊びとなって終わるから、と言って丁重に断った。

明かりをつけた方がよいと思い、再びひどく単調な三重奏の中に私は身を沈めた。そこでは同時に泣き、語る声が、悲惨な時に幸福な時のことを思い出すことほど苦しいことはない、と私に繰返している。

ファン・ホセ・アレオラ[*1]『物語集増補版』(一九六二)より

＊1——メキシコの作家。一九一八年生まれ。二〇〇一年没。

## 夢うつつ

私が今いるのは　暴力的な夜
殻にもぐるかたつむりのごとく
塹壕《ざんごう》の中に
退避した
兵士たちの
銃の発射で
空気はレース編みのごとく
穴だらけ
私は思う
息急《せ》き切った

石工の一群が
私の家の通りの
溶岩石の舗道を
打ち叩いているかのように
見てはいないのだが
それが聞こえてくる
夢うつつの中

ジュゼッペ・ウンガレッティ『埋もれた港』（一九一六）より

# ピランデッリアーナ

ある婦人が一連の夢でその恋人を見る。最初は嫉妬に満ちた悪夢。次は相手を愛していることに気づいた夜の夢。最後の夢では、恋人はダイヤの首飾りをプレゼントしてくれようとする。しかし、見知らぬ手が（それは農園経営で大金持ちになった前の恋人のものなのだが）首飾りを掠め取ってしまう。恋人は嫉妬のあまり逆上し婦人を絞殺する。彼女が目を醒ますと、女中がダイヤの首飾りの入った小箱を手渡す。夢の中に出てきた首飾りである。その時恋人がやってきて、困ったことにいつも売られてしまうので、首飾りを買ってあげることができないと告げる。そして、何か他のものを贈るわけにはいくまいかと尋ねる。

ルイージ・ピランデルロ[*1]『夢か、いやおそらくは違う』（一九二〇）からの断章

＊1――イタリアの小説家、劇作家（一八六七～一九三六）。一九三四年、ノーベル賞を受賞。

# パリの夢

## I

誰も決して目にすることのできないような、恐ろしい風景の、生々しくもはるか遠い影像《イメージ》が、今朝になってもまだ私を驚嘆させている。

夢は奇蹟に満ちている！　突拍子もない気まぐれから、夢の光景の中から私は不規則な植物を抜き取り、自らの才能を誇る画家である私は、金属と大理石と水の織り成す陶酔的な単調さを、カンバスの中で味わっていた。

いぶし金や光輝く金の上に落ちかかる噴水と滝がいたる所にみられる無限の宮殿、それは拱廊《きょうろう》と階段のバベルの塔であった。

重く落ちかかる瀑布は水晶のカーテンのごとく、金属の城壁に目も眩むばかりに懸っていた。

樹木ではなく列柱が眠れる池を取り巻き、巨大な水の精が女性のようにそこに姿を映して見ていた。

ばら色と緑の埠頭の間、青い水は幾百万海里もの長さにひろがり、世界の果てに達していた。

とてつもなく大きな岩と魔法の波があり、あらゆるものの照返しに燦然《さんぜん》と輝く鏡があった。

蒼穹からは無言にして無頓着な河の流れが、ダイヤの深淵にガラス箱の宝を注ぎ込んでいた。

魔法の建築家である私は、意のままに宝石のトンネルの中を、手なずけた大海を走らせた。そして、すべてが、黒い色さえもが、つややかで、明るく、虹色に光って見えた。水は水晶の光の中にその栄光をちりばめていた。

空の果てに至るまで星ひとつ見当たらず、自らの火で景観を明るく照らす太陽の跡形もなかった。

そして、これらの移ろう光景の上を（ごく細部に至るまで、すべては視覚のためにあり、何物も聴覚のためにはない！）永遠の静寂が漂っていた……

シャルル・ボードレール『悪の華』（一八五七）より

# コールリッジの夢

抒情的断章『クビライ汗』（五十数行からなる、えも言えぬ韻律の押韻不定型詩）は一七九七年のある夏の日に、英国の詩人サミュエル・テイラー・コールリッジの夢に現われたものである。コールリッジはエクスムアのはずれにある農場に引き籠もっていた。ちょっと気分がすぐれないために睡眠薬を服用しなければならなかった。パーチャス[*1]の本を読んだあと間もなく彼は眠気に襲われた。その本にはマルコ・ポーロがその名声を西洋に広めた皇帝クビライ汗[*2]による宮殿の建設のことが書いてあった。コールリッジの夢の中で、たまたま本で読んだことが芽を出し、生長し始めた。眠りの中で、彼は一連の視覚的イメージとそのイメージを表現する言葉とを直観した。数時間後、彼は約三百行からなる詩をつくり上げた、もしくは授かったという確信を抱いて目覚めた。彼は非常にはっきりとその詩を覚えており、その著作に名を連ねることになる断章を書き上げることができた。不意の来客のために中断を余儀なくされ、後に残りの部分を思い出すことはできなかった。コールリッジはさらに次のように語っている。「私は少なからぬ驚きと無念さのうちに、幻の全体像は漠然とした形で覚えてはいたが、十行足らずの断章を除き残りのすべてが、川面に映った影に石を投じた時のように消え失せてしまったことに気づいた。しかも、何たることか、後になりそれらを復元しようとしてみたが無駄であった」。スウィンバーン[*3]は、忘却をまぬがれた部分は英語による音楽の最高の模範であり、それを分析できる人は（ジョン・キーツ[*4]の比喩を借りれば）虹をほどくこともできようという感想を述べている。主要な価値がその音楽性にある詩の翻訳もしくは要約は無駄なものであり、有害でさえあり得る。だから、さしあたっては、議論の余地のないすばらしさをもった一頁が、夢の中でコールリッジに現われたということを記憶にとどめおくことで十分である。彼は音楽を聞き、その音楽が宮殿を建てているのに気づいた。宮殿が建つのを見ると、詩の言葉が聞こえてきたのであった。

このような事例は異常なものではあるが、他に例がないわけではない。『夢の世界』という心理学的研究の中で、ハヴロック・エリス[*5]は、ヴァイオリニストで作曲家のジュゼッペ・タルティーニ[*6]の事例とこれとを比較している。

タルティーニは悪魔（彼の下僕）がヴァイオリンで驚嘆すべきソナタを演奏する夢を見た。夢から醒めて、彼は不完全な記憶をもとに『悪魔のトリル』を作曲した。無意識な脳作用の別の古典的な例は、ロバート・ルイス・スティーヴンソン[*7]の例である。

(彼自身が『夢の断章』の中で語っているところによれば)、ある夢の中で彼は『オラーラ』の構想を得、また、一八八四年には別の夢により『ジキル博士とハイド氏』の構想を得た。タルティーニは、目覚めた時に、夢の中の音楽を模倣しようと思った。スティーヴンソンは夢の中で構想、すなわち全体像を授かった。コールリッジの言語的霊感により近いものは、ベーダ尊師がカイドモンが授かったと書いている霊感である(『英国教会史』四の二十四)。

一見したところ、コールリッジの夢は彼の先駆者の夢ほど驚くには値しないと思われるかもしれない。なるほど『クビライ汗』は素晴しい作品であるのに対し、カイドモンが夢に見た九行の聖歌は、それが夢によるものであること以外はほとんど価値のないことは確かであるが、コールリッジはすでに詩人であったのに対し、カイドモンは天啓を受けて初めて詩人になったわけだから。しかしながら、『クビライ汗』を生んだ夢の驚異を限りなく大きなものとしている、その後判明した事実がある。もしその事実が本当なら、コールリッジの夢の中に現われた物語は、コールリッジよりも幾世紀も以前に書き始められたにもかかわらず、いまだその終わりに達してはいないことになる。

詩人は一七九七年に(一七九八年という説もある)夢を見、一八一六年に未完の詩の註解もしくは釈明の形で夢の話を公表した。二十年後パリで、ペルシア文学に詳しい世界史のひとつで、十四世紀にラシード・ウッ・ディーン[*8]により書かれた『集史』の西洋における最初の翻訳が、その一部ではあるが現われた。その中には次のような記述がある。「クビライ汗は夢に見て記憶の中にとどまっていた図面に基づき、上都[*9]の東に宮殿を建てた」。これを書いた人はクビライの血をひくガーザン・マームッド汗[*10]の宰相であった。

モンゴルの皇帝が十三世紀に宮殿の夢を見て、その幻に従い宮殿を建てる。十八世紀には、その建築が夢に由来するものであることを知るすべもなかった英国の一詩人が宮殿の詩を夢で見る。眠っている人間の魂に作用し、かつ広大な時間と空間を包み込むこの対称的《シンメトリック》な夢に比べてみると、聖典に出てくる空中浮揚現象とか蘇生、亡霊の類は無に等しいか取るに足らぬものに思われてくる。

このことはどのような解釈をしたらよいであろうか？　あらかじめ超自然的なものを斥ける人たちは、（この私もこれらの人たちの仲間であろうといつも心掛けているが）ふたつの夢の物語が偶然の一致、すなわち、雲が時おり形づくる獅子とか馬の姿のような偶然によって描かれた絵であると思うことであろう。またある人たちは、詩人が何らかの方法で皇帝が宮殿の夢を見たことを知っていて、詩の尻切れで寄せ集め的な性格を取り繕うか釈明するかするような見事な虚構をつくり上げるために、詩を夢に見たと言ったのではないかと推断するかもしれない。[*11]このような臆測には真実味はあるが、そのためには何でもよいから、中国学者たちに確認されていないテキストで、一八一六年以前にコールリッジがクビライの夢を読むことのできたテキストが存在した、という仮説をたてなくてはならない。[*12] しかし、これよりも理性を超越した仮説の方がもっと魅惑的だ。たとえば、皇帝の魂が宮殿の崩壊後コールリッジの魂の中に入り込み、彼に大理石や金属よりも耐久性のある言葉で宮殿を再建してもらおうとしたと推測することもできる。

最初の夢は現実世界に宮殿を添えた。二番目の夢は五世紀後に生じたものであるが、宮殿の暗示を受けて詩（もしくは詩の冒頭部分）をつくり出した。これらの夢の類似はある計画性を推測させる。すなわち、両者の間の遠大な時間は超人間的な執行者の存在を明らかにしている。この不滅もしくは長命なるものの意図を探究することは、おそらくは無益であるばかりか畏れ多いことであろうが、その意図がいまだ達成されていないと推測することは正当である。一六九一年、イエズス会のジェルビヨン神父[*13]はクビライ汗の宮殿はただ廃墟が残っているだけであることを確認した。詩の方はわずかに五十行ばかりが回収されたにすぎないことは明白だ。このような事実は一連の夢と仕事がまだその終わりに達していないとの推測を可能にする。最初に夢を見た者には夜に宮殿の幻が与えられ、彼はこれを建てた。二番目の者は前者の夢のことは知らなかったが、彼には宮殿に関する詩が与えられた。もしこのような論の組み立てに間違いがないとすれば、誰かある者が我々から数世紀もへだたった後のある夜に同じ夢を見、かつて他の人たちがそれを夢に見たなどとは思ってもみずに、その夢を大理石か音楽で形象化することであろう。おそらくはその一連の夢には終わりがないか、最後の夢に解決の鍵があることであろう。

以上のようなことを書き終えたいま、私には他の解釈もなり立つような、そのような気がする。おそらく、まだ人間には明らかになっていないある原型、（ホワイトヘッド[*14]の用語を用いるなら）ある《永遠客体》がだんだんとこの世界に入り込んできているのかもしれない。その最初のあらわれは宮殿で、二番目は詩であった。もし誰かそれらを比較した者がいれば、それらが本質的には同じものであることに気づいたことであろう。

ホルヘ・ルイス・ボルヘス

＊1―サミュエル・パーチャス（一五七五頃〜一六二六）。イギリスの作家。
＊2―元朝初代の皇帝世祖（在位一二六〇〜九四）。ジンギス汗の孫。
＊3―チャールズ・スウィンバーン（一八三七〜一九〇九）。イギリスの詩人。
＊4―イギリス・ロマン派の代表的詩人（一七九五〜一八二一）。
＊5―イギリスの社会学者（一八五九〜一九三九）。
＊6―イタリアの作曲家、ヴァイオリニスト（一六九二〜一七七〇）。
＊7―冒険小説『宝島』で有名なイギリスの小説家、詩人（一八五〇〜九四）。

＊8―ペルシア、イール汗朝の政治家、歴史家（一二四七～一三一八）。
＊9―元代にクビライ汗が建てた都で、中国の内モンゴル自治区にその遺跡がある。
＊10―ペルシアにおけるモンゴルの王（一二七一～一三〇四）。イスラム教を受け入れ、北京から独立を宣言した。
＊11―〔原註〕十九世紀初頭もしくは十八世紀の終わり頃、古典趣味の読者たちは『クビライ汗』に現在と比べるとずっと低い評価を与えていた。一八八四年、コールリッジの最初の伝記作家トレイルはまだ、「風変わりな夢の詩『クビライ汗』は心理学的興味の対象でしかない」と書くことができた。
＊12―〔原註〕ジョン・リヴィングストン・ロウズ『上都への道』（一九二七）三五八頁、三八五頁参照。
＊13―ジャン＝フランソワ・ジェルビヨン（一六五四～一七〇七）。フランスのイエズス会宣教師。中国におけるフランスのイエズス会の長であった。
＊14―イギリスの数学者、哲学者（一八六一～一九四七）。

## アステュアゲス[*1]の夢

四十年の治世の後、メディア王キュアクサレスは死に、彼のあとを継ぎその子アステュアゲスが王位についた。アステュアゲスにはマンダネという名の娘がいた。王は娘が大量の放尿をし、それがエクバタナとアジア全土に氾濫するという夢を見た。そこで彼はメディア人とは結婚させないよう気を配り、ペルシア人のカンビュセス[*2]に娶《めあわ》せた。この者は家柄もよく温和な性格で、平凡な地位の持ち主であった。アステュアゲスは再び夢を見、娘の陰部からぶどうの蔓が出てきて、その葉の影がアジア全土を蔽いつくすのを見た。夢の意味するところは明白であった。すなわち、彼女の子供が自分にとって代わるだろうということであった。アステュアゲスは娘に戻って来させ、彼女が子供を生むと、その子供を殺させるために親族のハルパゴスに引き渡した。ハルパゴスは恐怖と憐みとを感じ、その子を牛飼いのミトラダテスに手渡し、殺すように命じた。ミトラダテスにはキュノという妻がおり、彼女は死産をしたばかりであった。引き渡された子供は立派な衣にくるまれていた。彼らは命じられた通りにしないことに決めた。なぜなら、その子供がマンダネの子であることもわかっていたから。こうして彼は殺されずに済んだ。子供は成長し、仲間の羊飼いたちは彼を自分たちの遊びの王にまつり上げた。少年王は不屈の精神の持ち主であった。アステュアゲスはこれを知るとミトラダテスにその素性を明かさせた。こうして彼はハルパゴスの違背を知った。そこで王は彼を許すふりをし、祝宴に招いた。そして彼自身の子供を自分の孫の友だちとして差し出すよう求めた。祝宴の間その子供のあぶり肉を彼に食べさせた。ハルパゴスはこれを知ったが自分を抑えた。アステュアゲスは再びうらない師たちに訊いてみた。彼らが答えて言うには、もし生きていれば王位につくことになろう。しかし、すでに羊飼いたちの間で君臨しているから、新たに王位を手に入れようとする危険性はないということであった。アステュアゲスは満足し、子供を本当の両親のもとに送った。彼らは子供が生きていたことを知ると喜んだ。子供は成人し、若き頭領となり、ハルパゴスの助けを借りアステュアゲスから王位を奪ったが、彼を丁重に扱った。こうしてかつての羊飼いのキュロス[*3]はペルシア帝国を興した。ヘロドトスは全九巻からなる『歴史』の第一巻の中で以上のように語っている。

＊1―メディア王国最後の王（在位前五八五〜五四九）。
＊2―カンビュセス一世（前六〇〇頃〜五五九）。アステュアゲス王の臣下で、その娘マンダネと結婚。その子がペルシア王キュロス大王となる。

＊3―アケメネス朝ペルシアの王キュロス二世（在位前五五九〜五二九）。ペルシア帝国の建設者。

## ロマンティック

功成り名遂げた人生とは大人になってから実現する青年の夢のことである。

アルフレッド・ド・ヴィニー[*1]

＊1――フランス・ロマン派の詩人、小説家（一七九七～一八六三）。

## パンの奪い合い

――アラビア的解釈

回教徒とキリスト教徒とユダヤ人が旅に出た。糧食が底をついたが、まだ砂漠を二日間旅しなければならなかった。その夜はパンがひとつあった。どうしたものか？ひとりには十分だが三人には少なすぎる。彼らは最もすばらしい夢を見たものがそれを食べることに決めた。翌朝キリスト教徒は言った。「悪魔が私を地獄に連れ去る夢を見ました。その恐ろしかったこと」。回教徒はこう言った。「私は天使ガブリエルに天国へ連れていってもらう夢を見ました。その輝かしかったこと」。ユダヤ人が言った。「私は悪魔がキリスト教徒を地獄に連れて行き、天使ガブリエルが回教徒を天国に連れて行く夢を見ました。そこで私はパンを食べてしまいました」

『学者たちの散歩』より

## Ⅱ――ユダヤ的解釈

イエスとペテロとユダが一緒に旅をした。宿に着いたが、たった一羽のアヒルしかなかった……ペテロ「神の御子のそばにすわっている夢を見ました」。イエス「ペテロがわたしのそばにすわっている夢を見た」。

ユダ「おふたりが一緒にすわっており、自分はアヒルを食べている夢を見ました」。

三人はアヒルを捜したが、アヒルは見当たらなかった。

『ナザレのイエス物語』より

## お入り

ああ！　よろしい！　無限の世界に入らせてあげるがいい！

ルイ・アラゴン[*1]

＊1―フランスのシュールリアリズムの詩人、小説家（一八九七～一九八二）。

# 夢うつつ

この島[*1]の気候の最高の良さは、モリエールの医者だったらその「催眠性」と呼ぶであろうような点にある。ただ眠ることでのみかくもはなはだしい手もち無沙汰からのがれることができる。サレルノ学派[*2]の有名な教訓である sex horas dormire ……《六時間眠ること……》はすばらしい破格なラテン語で書かれているが、我々には趣味の悪い駄洒落のような味わいがする。六時間の横臥だなんて！　我々は教育的見地からも、毎日昼寝を欠かさず守るならば、最低八、九時間は認めてやりたい。また睡眠の結果を恐れる必要もない。当地にあっては睡眠の貯えはパラナ川[*3]の波と同じ位に無尽蔵なものであるから。催眠式に四回も櫂を漕げば、消灯の時間までそのまま持続していけるから不思議だ。私について言えば、このような療法で最悪の不眠症——これは明け方に北風がもたらすものであるが——を抑えることができた。止められている、つまり、退屈な読書というような、極端にしていつも危険な手段に訴えることもなしにである。ここの無為徒食の環境は神経にとってはすばらしい恵みである。私は時々自分が柳の木になったような気分にとらわれる……

だから、モルペウス神[*4]に対する奉納の形で、タイトルにみられるような鎮静的な題目についてのこの閑話を捧げたいと思う。今回は私むきのテーマではないとは言われないであろう。この問題を十分に、つまり眠っている時も起きている時も研究してみれば、見かけほどつまらないものではないことが判明することだろう。睡眠は人生において余計なものではないどころか、人生の最も興味深い面のひとつである。なぜならそれは神秘の中を漂い、超自然的なものと境を接しているのだから。それ故に、詩人は生理学者よりもよくこれを理解している。後者が人間が眠っている間における脳の状態は貧血か充血のいずれであるか議論している間に、前者は、ホメーロスからテニソン[*5]に至るまで、幻影の虹色のプリズムを通し真実をかい間見てきた。すべての中で最も偉大な詩人は、次のような深遠な言葉を残している。《我々は我々の夢と同じ布地でつくられている。》また、ミュッセ[*6]のある主人公は巨匠シェイクスピアを自分なりに解釈し、次のようにうっとりとして歌っている。

《人生は眠りであり、愛はその夢である……》

それにしても、我々の楽器は何と繊細に心理を奏でる楽器であることか！ sueño というたったひとつのレッテルのもとに睡眠、眠り、夢幻、夢、夢想等の同族語のすべてをサンチョの鞍袋の中に入れ続け、全音階をトロンボーンのあのたったひとつの音に化してしまうこの言葉は、何と現代的でニュアンスに富んだ言葉であることか！

私は決してよく夢を見る男ではない。もちろん眠っている時のことであるが。私はひき続き幾晩も「無意識の脳作用」、これは他の人たちにとっては眠るということと同義であるが、その戯れを味わわずにしばしば過ごす。この私が動作においても表情においても夢遊病者ではないことは明白であるから、たいていの場合において、私が自分の夢を覚えていないのは夢を見ていないからだ、ということを現在の学説に従えば認めなければならなくなるであろう。しかし我々はすぐに、なぜこの点に関してもはっきり区別しなければならないのかがわかるであろう。現実は学説ほど単純なものではないから。いずれにせよ、私は魂と肉体の定期的な分裂のようなものを表わすこの有機体の特異な分離について、これまでかなりの考察を行なってきた。おそらくはその頻度が少ないという他ならぬ理由により、私の夢は他の人たちの夢よりもしっかりと心に刻み込まれているのかもしれない。私には遠い少年時代から数えて四つか五つの夢が心に残っているが、それらはほとんど一昨晩見た夢と同じ位に明快である。この一昨晩の夢はまさしく私がこの一文を書く気になったきっかけであるが、それについては後で要約することにしよう。他の夢は私のノートに書き留めてある。それらのうちのあるものは非常に奇妙で恐怖に満ちたものであるから、今日でさえも書き留めてあるものを読み返すと、激しい苦痛と恐怖のうちにかつての感情が蘇ってくる。

さらに、私は身近な人たちにおいて、しかも時にはごく近くから、夢、とりわけ悪夢のひき起こす外的な変化を観察したことがある。まさしく、旅行がちな私の生活が観察の材料を与えてくれたのであった。ボリビアの旅籠から船室や寝台車に至るまでのさまざまな旅の場所で、私は眠っている人間のドラマやコメディを必要以上に目撃してきた。しかし、後のいかなる体験も、最初の体験ほど完全で持続性のあるものではなかった。これは夢に関する拙論の基盤となった。そして私はその理論の正しさを確証するために、これまで屈することなく、後に行なった観察ばかりか、いろいろな書物の中で肯定されていることさえをもそれに照らし合わせてみてきた。長い年月が過ぎ去った。今日では分析手段は以前よりも鋭いものになっているかもしれない。しかしながら、私にあっては若い頃のあの長い修業の結果が今なお生き続けており、試金石が古くなっていないことがわかる。

二十三年前、私はサルタ[*7]の町でとあるトゥクマン[*8]の商人の屋敷に住んでいた。互いに若く、親友であった私たちは、ベッド越しにおしゃべりのできるように同じ部屋で寝ていた。その植民地時代からの屋敷には空室がたくさんあり、ノアの一族でさえもゆったりと宿泊させられるだけの余裕があったのではあるが。私たちはほとんどいつも一緒に家に帰った。たまたまふたりの夜の計画が同じでない時は、最初に帰った方が近くの「ラビンの玉突き場」で相棒を待つことにしていた。私はその時はもう寝ながら本を読むという悪習に染まっていたので、友の眠っているのを見守りながら、一、二時間過ごしたものであった。彼は目覚めている時は皿の一枚も壊さない穏やかな男であったが、眠っている時は mauvais coucheur《夜中に同室者の睡眠をさまたげる人》に変身した。どちらかというと静かな眠りの時でも、うなり独楽《こま》のような鼾《いびき》をかき、遂には、自分のその鼾に驚き目を醒ますのであった。私の相棒はしばしば恐ろしい悪夢にうなされ、大声で寝言を言った。私は堪えられなくなり、「何たることだ」というような言葉が思わず口をついて出たりした。相部屋の不都合なことがわかった時は時すでに遅く、もうどうしようもなかった。最初は友情が私をおしとどめたが、後には好奇心が、別の言い方をすれば、私の目の前で、というよりも私の耳許で幕を下ろしたまま展開されるあの脳のドラマに対するいや増す興味が私をとらえた。そして、そのドラマにおける私の役割は、知らず知らずのうちに、無言の証人から要領を得た共同製作者へと変わっていった。

　数カ月に及ぶ体験により確証した、古典的な理論に合致するこまごまとした点について主張することはやめて、その理論とは明らかに矛盾する特徴を示すだけにとどめたいと思う。医学の論文において――まだ初歩的な段階にある学問の中でも最も推論的で大胆な精神医学においてはもちろんであるが――最も欠落しているものは、まさしく真の科学的精神であり、それは《師はこう言った》とか旧態依然とした公式によって手に入れられるものではない。たとえば味覚、とりわけ嗅覚が幻覚を生じさせることは他の感覚の場合と比べてずっと稀であることが我々にはわかっている。もっとも正常な状態において、味覚と嗅覚は表示的ではないから、観察は十分ではないが。ジャスミンの香りを、それ固有の特徴、たとえば、すみれの香りと異なる点共々想像することは我々には不可能である。味覚について言うならば、その感覚は触覚と分ちがたいほどに結びついており、それが夢の中に漠然と現われて来るにしても、それはほんの幻のごときものであるか、もしくは今述べた結びつきによるかしているに違いない。

　ブリエール・ド・ボワスモンの厖大な論文には、ロンブローゾ[*9]の論文同様幼稚で批判精神の欠落した事例がたくさん出てくる。たとえば、「悪魔の口述」を受けたという作曲家タルティーニの有名なソナタのごとき古典的事例がそうである。あの作品が無意識の脳作用の現象によるものだとする精神医学的解釈は、この学者があの音楽家ほどではないにしても、同じような軽信家であったことを明らかにしている。私としては、どちらかというと悪魔とその角の出てくる一個のつくり話と見なしたい。

さらにもっと深刻なものと思われるものは、夢遊病に関する逸話である。そしてその著者たちは、それが彼らの理論の原則と衝突するものであっても、すっかり信じきって伝達している。フォデレ[*10]の挙げているもので、彼のすべての後継者たちが引きあいに出している、あの有名な修道士の物語がその一例である。それによると、大きな修道院の修道院長がある夜のこと自分の僧房で書きものをしていると、若い修道士が入ってきた。目はすわり、その顔は緊張でひきつっていた。その夢遊病者は修道院長のベッドへと向かっていき、幸いなことにそれは空っぽであったのだが、手にしていた大きなナイフを三度ほどそれに突き刺した……翌日、修道院長が修道士に尋問すると、彼はあの場面をこと細かに語り、母親が修道院長に殺される夢を見たので自分は想像上の犯罪へと駆り立てられたのだと付け加えた……

議論の余地なく、当の事例は実際にあったことであろうが、明らかに信用のおけない細部だけでなく患者の全告白が捏造されたものであることは疑いもないように思われる。夢遊病の後もなお眠り続ける人は、目覚めた時、自分の行為については何ら覚えてはいないもので、まして自分を駆り立てたような夢についてはなおさらである。そのような場合、記憶の喪失は完全であるからだ。[*11]このようなことは外的な要因により突然中断される悪夢の場合には起こらない。そして、私には根本的なものに思われるこの相違は、私のトゥクマン、もしくはサルタの町での事例で確かめることができよう。心理学的には、悪夢が一般の夢とも、またおそらくは部分的な夢遊病とも、区別されるべきとは思われない。

もっとも夢遊病と悪夢の間の病理学的相違が著しいことはよく知られていることであるが。偶発的な夢遊病は病的なもの、つまり、一種のノイローゼである。これに対し悪夢はたまたま起こった出来事、不消化のつくり出す挿話、もしくは神経中枢からはかけ離れた疾患の徴候であるのかもしれない。外面から見た場合、両者の状態は、単に一方の被験者における肉体的な無力と他方を特徴づけかつその病名のもととなっている行動的性格の対照性においてだけでなく、それらの終わり方においても相異なっている。悪夢はたいていの場合、それ自体の苦しみで突然目覚めることになるが、これに対し、夢遊病の発作は――外的な事件でも起こらない限り――静かに進展して行き、遂には再び普通の眠りの中に溶け込んでしまう。両者が眠りから現実に戻った時、悪夢を見ていた者は非常にはっきりとそれを記憶しているが、夢遊病者の方はその夢を完全に忘れてしまう。私が先に述べた個人的な見解はこの点に由来しているものである。

サルタの友人は夢遊病者そのものではなかった。二、三度彼が眠ったままで上体を起こし、服を着始めるのを見たことはあるが。だが、彼の苦悶に満ちた眠りはほとんど日常的なものであった。彼は慢性的な胃の病気を患っていた。もちろん、彼がたまたま夕食をたべようものなら、悪夢は必ず現われた。それは眠るとすぐに現われたが、あまり変化のない内的なドラマに応じたものであったから、ほとんどいつも同じような外観を呈していた。これについては幾度となく述べた。細部は省略することにして、それはいつもポンチョをかぶった日雇農夫とか職人といった人たちに罵られ（私の友人は製糖工場を所有していた）、彼らと喧嘩をするという夢であった。眠っている男は腹を立て、脅し文句を口にしたので、私には悲劇的な結末は避けられまいと思われた。しばらくして、短い悲鳴をあげたかと思うと、それに伴い長い呻き声が続いた。彼はみぞおちに匕首《あいくち》で一突き喰らい、死ぬのではないかと思っていたのだ……

　私の哀れな相棒はその場面を感動的なほど鮮明かつあざやかに語ってくれた。先にも述べたように、そのシーンは第二次的な特徴ぐらいしか変化しなかった。しばらくして私は『青ひげ』[*12]の物語と同じくらいにそれを暗記してしまうようになった。最初に驚いたことは場面の展開の信じられないような速さで、物語られたら数時間はかかると思われることが、実際はほんの数秒の間に立て続けに起こっていた。私はすでにこの出来事に馴れ親しみ、また、ほとんどいつもあの瞬間に目覚めるので、しばしば眠っている人の姿勢を変えてやり、攻撃を避けさせてあげた。またある時は、私がその場面に介入していき、我々の英雄的な襲撃を受けて逃げ出したり地面に倒れたりしている敵を指し示したりした。この暗示はしばしば効果的で、人助けであるということ以上に、私にとっては痛快なもので、新たなる効果を求めさかんに暗示を行なったものであった。

私が介入した直後に目を醒ますと、彼は私自身驚いてしまうような私の武勲について話してくれた。私が実際に発した四つの叫びは短いかすれ声にすぎなかったが、夢はそれをすばらしい叙事詩に変えてしまった。だが、たまたま危機的状況がおさまり、消化がよくなったりしようものなら、私の友人は目覚めることなく普通の眠りに入っていき、朝になっても未遂に終わった悪夢のことは全然覚えていなかった。このふたつの観察、それについてはこれまで何度も繰返し触れたが、その観察からは、私が色々な所で読んできたこととは反対の、一、暗示は夢遊病におけると同じくらい正常の夢（悪夢は心理学的にはそれ以外の何物でもない）においても効果的である、二、中断されることのない悪夢の後にみられる記憶喪失状態は、おそらくは普通の夢においてしばしば見うけられる忘却と同じ原因によるものであろう、という事実を導き出すことができる。この原因とは古いイメージの上に新しいイメージが重ねられること以外の何物でもない。これまで言われてきているように、夢を見るのに最も適した時間は、朝の目覚めに先立つ時間であり、その時幻想の象牙の扉はいっぱいに開かれる。そして、最後の方の夢だけがそれよりも前の夢を蔽ったり消し去ったりするが故に残存するという現象が必ず生じるのである。それはちょうど行軍中の部隊のうち最後の方の隊列だけが道に識別可能な足跡を残すのと同じである。

ある種の夢の完全なる独立性とか、我々の日常生活とは明らかに何の関係もないその発生と展開、さらにはその信じ難いような無脈絡ぶりについてもはっきりさせる時が来たかと思う。私には夢の専門的な観察者たちが第一級の心理学的事実に留意しているとは思われない。つまり、夢が出来上がるために事物自体は大切な要素もしくは材料ではなく、夢を見ている時には事物を表現する力、目覚めた時にはそれを喚起する力が大切なのである。昨日読書によって私の内に生じたロサス[*13]のイメージと、同じ時刻に行なわれたコンチャス川での舟遊びは、私にとっては同じように知的で完全に同時進行的な出来事であり、それ故に脳の感光板に一緒に刻まれることになった。ちょうど次亜硫酸塩が感光板に、壁に掛かった昔の絵と現在の影像とを一緒に定着させるのと同じような形で、もし強い関心によりそれらのイメージが同一平面上に定着されることになったら、夢はそれらを連合し、結合させることができようが、一見脈絡がないように見えても、実際は否定しがたい論理の一貫性がみられる。

私が一昨晩見た幼稚で悲しくなるほど莫迦げた夢についてごく手短にお話しすることにしよう。それは先にも述べたように、この夢の話のきっかけとなったものである。私はブエノスアイレスの市庁舎におり、目の前のロサスが私を投獄しすぐに処刑するように命じていた。私はマーサ[*14]であった。もっとも同時にグルーサック[*15]でもあったのだが。私は何とか逃げ遂せ、気がついてみると今度は聖フランシスコ修道院の屋上で私の家族に囲まれていた。それは実際の家族ではなかったが。それから二十もの錯乱した場面の後、屋上に馬が引いて来られ、私はそれに乗りラプラタ川を横切り北の地方に逃げなければならなかった、等等。さて、この狂気じみた話すべては、よく考えてみると次のような論理の糸に従っているものであった。同じ日のほとんど同じ時間に、私はサンティアゴにいた頃ガウチョが馬に乗り通るのを見たことを思い出し、それから当地にフランシスコ会士たちが所有している島まで舟で行こうという気になり、それから最後に、舟の中ではフランスの水兵パージュのロサス研究の中で書かれている四十年のエピソード――それはまさしくパラナ川の岸辺で展開されるのであるが――について長々と思いをめぐらせていたのであった。

We are such stuff as dreams are made on……シェイクスピアが彼の戯曲の中でも最も美しく、最も詩的で、死ぬほど悲しい作品の中でプロスペロー[*16]に言わせているこの深遠な言葉を繰返そう。我々は我々の夢と同じ布地でつくられている。逆の言い方をするならば、我々は我々自身の実質で我々の夢を織り上げている。だからこの詩人の本能的な不安は、賢者たちの知識――これは幾世紀も前から疑わしいと思う真実のまわりを堂々巡りしているだけであえてそれを明確な形で表わそうとしない――よりもずっと深い所まで洞察しているように思われる。その理由は詩人が神秘の井戸に実験のゾンデを投げ入れただ波をかき立てるだけというようなことはせず、なめらかな水面に身を傾け、そこに映った空から大いなる真理を的確に読み取っているからであろうか？……

夢は我々の人生のかなりの部分を吸収する。他方、夢を見ることが狂気の間歇的な一形態であり、多かれ少なかれ著しい周期的な譫妄《せんもう》状態であることは疑う余地のないように思われる。delirar《譫妄状態に陥る》という言葉は語源をたどれば、もともとは「さくの外に種をまく」ことを意味した。この言葉はさくの引き方が悪いとか種が傷ものであるかということではなく、単に不適切かつ間違った方向に種をまくことを意味するものである。最も一般的な形における譫妄状態とは次のようなものだ。すなわち、脈絡のない、一貫性や適合性の欠如した一連の行為もしくは言葉のことである。そしてこの場合、個別的には個々の行為が道理にかなったものであっても、また、個々の言葉が正確なものであってもかまわない。これ以外の夢の定義があるであろうか？

「精神的不安定」と呼ばれているものは、偶発的なものではなく、我々の生理的一様相である。人間のからだを研究している者にとり、健康の持続は瞬間毎の奇蹟のように思われる。一日に一度蝕になった理性の本影の中に入り込む我々の脳器官については、どう言ったらよいであろうか。毎朝太陽の暖かい清らかな光と共に、知性が夜の闇や幻影に染まらずに現われ出てくることは、驚嘆すべきことではなかろうか。疑いもなく、家庭、家族、知人や恋人の顔、仕事、規則正しく繰返される日常的な行為等は、それぞれが不安定な理性を均衡に保つための道しるべであり、目印となっている。理性はそれらによって、沈没もしかねない暗礁の迷路の中を導かれていく。ちょうど陸地の見える所で臆病そうに進路を探りながら、岬から岬へと慎重に進んでいった昔の航海のように。遂に、航海者に後見役の羅針盤が現われ、夜も昼と同じように《闇の海》を航海することが可能となった。無限なるものの束の間の探険家である我々は、羅針盤と呼ばれていたものすべてが時代遅れになったとされ、がらくたの中に放り込まれたならば、どこで我々の羅針盤を見つけ出したらよいのであろうか？

ポール・グルーサック『知性の旅』（一九〇四）より

＊1―〔原註〕ブエノスアイレスから数レグワのところにあるパラナ川の島々。
＊2―ヨーロッパにおける最古の医学派。この学派についての最も古い記録は九世紀にさかのぼる。
＊3―ブラジル南部に発してアルゼンチン東部を貫流し、ラプラタ川に注ぐ南米の大河。
＊4―ギリシャ神話で夢の神、俗に眠りの神とされている。
＊5―アルフレッド・テニソン（一八〇九～九二）。イギリスのヴィクトリア王朝時代における代表的詩人。
＊6―アルフレッド・ド・ミュッセ（一八一〇～五七）。フランスの詩人、劇作家、物語作家。

＊7―アルゼンチン北部の商業都市。
＊8―アルゼンチン北西部、アンデス山脈のふもとにある商業都市。
＊9―チェーザレ・ロンブローゾ（一八三五～一九〇九）。イタリアの人類学者、刑法学者。
＊10―フランソワ＝エマニュエル・フォデレ（一七六四～一八三五）。フランスの医学者、外科医。
＊11―〔原註〕私の近著『文学の謎』の中で、私は『ドン・キホーテ』前篇、二十五章のぶどう酒の革袋の場面を批評した。有名な精神科医ポールはそこに典型的な観察例を見出した。
＊12―フランスの詩人、童話作家シャルル・ペロー（一六二八～一七〇三）の有名な童話。
＊13―ファン・マヌエル・デ・ロサス（一七九三～一八七七）。アルゼンチンの将軍、政治家。
＊14―〔原註〕一八三九年の陰謀の首謀者にして最初の犠牲者ラモン・マーサ陸軍中佐のこと。
＊15―ポール・グルーサック（一八四八～一九二九）。フランス生まれのアルゼンチンの歴史家、批評家。
＊16―シェイクスピアのロマン的色彩の濃い戯曲『テンペスト』の主人公。

## アッラーの微笑

アッラーはイエスが谷間を歩き廻り、まどろみ、夢を見るのを見た。夢の中で彼は白くなった髑髏《どくろ》を見ていた。アッラーは言った。「おお、イエスよ、その者に尋ねるがよい、されば汝に答えるであろう」。イエスは大きな声で祈った。するとその魔法の息吹を受け、髑髏は話し始めた。それによると彼はアッラーの怒りを蒙った民に属するがゆえに、その魂は長い間懲らしめを受けているということであった。また、彼は死の天使アズラーイール、さらに彼が地獄の七つの門のそれぞれの所で目撃した幻と懲らしめについて語った。イエスは再び祈った。すると髑髏は肉体と生命を取り戻し、それから十二年間遍在の神に仕え、神の平和のうちに死ぬことになった。こうしてイエスは目覚め、微笑んだ。かくしてアッラーは微笑んだ。

中東の民間伝承より

## 夢の中の存在

私は現実味に欠けており、誰の関心もひかないのではないかと思う。私は陽炎《かげろう》であり寄生木《やどりぎ》であり幻である。私は恐怖と欲望の中で生きている。恐怖と欲望が私を生みかつ私を抹殺する。今述べたように私は陽炎なのだ。

私は暗がりの中で長い不可解な忘却に包まれ横たわっている。すると突然、現実と見紛うばかりの眩い光のもとに連れ出される。しかし、やがて再び私は忘却の彼方に追いやられ、忘れ去られてしまう。私はまた暗がりの中に迷い込み、私の動作はだんだんと覚束ないものとなっていき、遂には私は虚無、すなわち不毛の存在と化してしまう。

夜がこの私の王国である。悪夢の中で受難を受けている夫が私を追い払おうとするが無駄である。時々私はあれこれと手を尽して妻の方の欲望を何とか満足させてあげる。彼女は夢を見ながら身をちぢこめ、身を守っているが、遂には私に身をまかせ枕のようにぐったりと伸びてしまう。

私はこのふたりの存在の間でふたつに引き裂かれ、不安定な生活を送っている。彼らは憎しみ合い愛し合い、奇形児の私を生み出す。しかしながら私は美しくも恐ろしい存在である。私は夫婦の平穏を壊しもすれば、熱烈な愛でふたりを燃え上がらせもする。時折私がふたりの間に身を置くと、ねんごろな抱擁が見事にも私を回復させる。夫は私の存在に気づき、自らを消滅させ、この私にとって代わろうと努める。しかし遂には失敗し、疲れ果て、妻に背を向け、怨みの焰に焼き尽くされることになる。私は胸を高鳴らせながら妻のそばに留まり、だんだんと夢の中に溶け込んで行く私の存在しない腕で彼女を抱きしめる。

最初にお断わりしておかなければならなかったのだが、私はまだ生まれきってはおらず、ゆっくりと長い時間をかけ、苦しみのうちに胎内ではぐくまれている。彼らはその盲目の愛で無意識のうちに私の胎児としての存在を虐待している。

彼らはいつも満足できずに造ったり壊したりしながら躍起になって私を捏《こ》ねくりまわす不器用な手、すなわちその思考でのろのろと私を造り出そうとしている。

しかし、いつの日にか、彼らが偶然にも私の決定的な形に行きあたった時、私は現実味を帯びるようになり、逃げ出し、今度は私自身が私の夢を見ることができるようになろう。彼らは互いに離れ離れになる。そしてこの私は妻を見捨て夫の後を追うことになろう。そして、きらめく剣をうちふるい寝室の扉の番をすることになろう。

ファン・ホセ・アレオラ『物語集増補版』（一九六二）より

## 荘子[*1]の夢

荘子は自分が蝶になった夢を見たが、目覚めた時、自分が蝶になった夢を見た人間なのか今人間になった夢を見ている蝶なのかわからなかった。

ハーバート・アレン・ジャイルズ[*2]『荘子』（一八八九）より

＊1―中国の戦国時代、宋国の蒙の人、荘周の尊称。八巻三十三篇からなる道家の代表作『荘子』の著者。

＊2―イギリスの東洋学者（一八四五〜一九三五）。中国におけるイギリス領事館員であった。

# サルミエントの夢 [*1]

ナポリでヴェスヴィオ山から下りてきた夜のこと、昼間受けた病熱のような感動は、私の興奮醒めやらぬ肢体が呼び求める夢の代わりに、恐ろしいばかりの悪夢を私に見させた。火山の燃え上がる焔と暗いはずのない深淵の暗さが、何だかわけのわからぬ戦慄的な想像力によっておかしな具合に混ざり合っていた。そして私をずたずたに引き裂こうとしたそれらの夢から醒めた時、あるひとつの妄想が実際の出来事のように執拗に私の心の中に残っていた……それは私の母が死んだというものであった！……幸い母は今私のそばにおり、私の知らないそしてもう誰もみな忘れた昔の出来事を私に話して聞かせてくれている。実に私の母は七十六歳の齢で、墓に入る前に息子に別れを告げようと、アンデス山脈を越えてきたのだった！　このことだけでも、彼女の性格のもつ精神的エネルギーについてある想念を抱かせるに十分であろう。

D・F・サルミエント『故郷の思い出』（一八五一）より

＊1―ドミンゴ・ファウスティーノ・サルミエント（一八一一～八八）。アルゼンチンの政治家、作家、教育者。代表作はガウチョの首領キローガの伝記『ファクンド――文明と野蛮』。

# ルキアノスの夢

紀元二世紀のこと、シリア生まれのギリシャ哲学者サモサタのルキアノス（一二五頃〜一八五）はいくつかの夢を見た。それらの夢のひとつでは、幻の中で再度過ごした少年時代の日々のことが物語られる。彼は叔父の工房で彫刻家になる修業をしていたが、夢の中で修辞と彫刻のふたりの女神が現われ、双方が己れの美点を自讃した。ルキアノスは修辞の女神の後に従い、富と名声をわがものとするが、若者たちに自分の例に倣い人生の最初の難関に直面しても不《ふ》撓《とう》不《ふ》屈《くつ》であるように勧める。『雄鶏』と名付けられている別の夢では、ミキロスが幸せな富の夢を見、自分のみじめな農夫としての生活を嘆く。雄鶏の鳴き声に目覚めるが、その雄鶏は前世においてはピュタゴラスであった。雄鶏は農夫に富は不幸と心配事のもとであるのに対し貧乏は穏やかで幸福な生活を与えてくれることを示してやる。第三の夢は『冥府への旅』もしくは『僭主《せんしゅ》』と呼ばれているものであるが、死者たちの三途の川への到着が物語られる。哲学者キニスコスは自嘲するが、僭主は絶望して逃げ出し、いにしえの権勢と栄華とを取り戻そうとする。そこに（今度は農夫ではなく靴屋の）ミキロスが介入してくる。彼は最後の審判を恐れず、好奇心に胸をときめかせながらそれを待っている。そして彼とキニスコスは至福を受けるが、僭主は懲らしめを受けることになる。

ロデリクス・バルティウス『数であるものと数でないもの』（一九六四）より

# 暗闇を飾り立てるもの

夢は演劇の作者にして
宙に組んだその舞台の上にて
暗闇を美しい物影で飾り立てる

ルイス・デ・ゴンゴラ

# 王の夢

「今夢を見ていなさる。誰の夢だかわかるかね?」

「誰にもわからないわ」

「あんたの夢だよ。それで、もし夢を見終わったら、あんたはどうなると思う?」

「わからないわ」

「消えちまうのさ。あんたは夢の中の人間。だから、その王様が目を醒ましたら、あんたはろうそくのように消え失せてしまうのさ」


ルイス・キャロル『鏡の国のアリス』(一八七一)より

# 夢の虎

子供の頃私は虎に熱烈にあこがれていた。

虎といってもパラナ川のみずあおいの中やアマゾンの密林に棲む赤と白の斑《まだら》の虎ではなく、縞模様のあるアジアの本物の虎で、戦士たちでさえも象の上に組んだ櫓《やぐら》の上からでしか対決できない、例の虎のことである。私はよく動物園の檻《おり》の前にいつまでもぐずぐずと立ち止まっていたものであった。私にとって大部の百科辞典も博物誌も、それがよいか悪いかはすべて、虎が見事に描かれているか否かにかかっていた。(今なお私はあれらの虎の姿を覚えている。女性の顔や微笑を思い出す時はいつも間違ってばかりいるこの私が。)少年時代も過ぎ去り、虎もそれに対する情熱も色褪せてしまったが、いまだに虎が夢の中に現われてくる。あのこんがらかり渾沌とした夢の糸玉の中で虎はいまなお第一人者である。眠っている時、どんな夢でも私を楽しませてくれるが、すぐにそれが夢だとわかってしまう。そんな時私はいつもこう考える。これは夢で、私の意志でどうにでもなる純粋な娯楽である。そして私には際限のない能力があるのだから、虎を呼びおこしてみようと。

おお、だが何という無能力ぶり！　私の夢では決して望み通りの虎は生まれ出てはこない。なるほど虎は出てくるが、剥製のとか弱々しいものとかであったり、姿が妙に変形していたり、受け入れがたいような大きさのものであったりする。また、すぐに消え失せてしまうものであったり、犬とか小鳥めいたものだったりするのだ。

ホルヘ・ルイス・ボルヘス

# 聖堂、町、原型、夢

この上なく神聖な場所である聖堂は天にその原型がある。シナイ山にてヤハウェは自分のために建設すべき聖所の「形」をモーセに示した。「彼らに私の聖所を造らしめよ。私は彼らの中に住むことにしよう。そなたに示す幕屋の型、及びそこで使用するすべての容器の型に従って造らしめよ……よいかな、山にてそなたに示された型に従いこれを造るように」（『出エジプト記』第二十五章、八－九、四十節）。そして、ダビデはその子ソロモンに聖堂、幕屋及びもろもろの用具のひな型を手渡す時に、「これらすべてのものはもろもろの工事をひな型にて理解するようにと、主の御手により書かれ私のもとに来たものである」と断言した（『歴代志上』第二十八章十九節）。したがって彼は天の原型を見たのであった。

聖所の原型についての最古の記録はラガシュ[*1]に建てられた聖堂に関するグデア王[*2]の碑文である。王は夢で、女神ニダバが恵みの星のことが書いてあるパネルを、さらに別の神が聖堂の図面を自分に見せてくれるのを見たということである。町もまた天にその原型がある。バビロニアの町のすべては星座にその原型がある。すなわち、シッパルの町は蟹座に、ニネヴェの町は大熊座に、アッシュールの町は大角星にというように。センナケリブ王[*3]は「はるか遠い昔から天の形状に定められている設計図」に従いニネヴェの町を建設させた。単に地上の建築に先立つ原型があるというだけでなく、その原型はさらに永遠なる(天の)「理想郷」にも見られる。ソロモンが「あなたは私に、あなたの聖なる山に聖堂を、またあなたのお住いの町に祭壇を、あなたが原初より用意された聖なる幕屋に似せて造るようにと言われた」(『ソロモンの知恵』第九章八節)と言っていることがこれである。

天国のエルサレムはエルサレムの町が人間の手により建設される以前に神により創造された。『バルク書』第二章二－七節の中で預言者はその町について次のように書いている。「その町が『私の両の手のひらの上で造った』と私が言った町であることをそなたは信じるか? いま現にそなたたちの間にある建築物は後になり私の内に現われたものではなく、私が楽園を造ろうと決めた時にはすでに用意されていたもので、罪を犯す前のアダムに見せてあげたものである……」天のエルサレムはすべてのヘブライ人の預言者の霊感を煽り立てた(『トビヤ記』第十三章十六節、『イザヤ書』第五十九章十一節以下、『エゼキエル書』第六十章等々参照)。神はエゼキエルにエルサレムの町を見せるために、彼を恍惚の夢の中に誘い、非常に高い山へと導く(第六十章六節以下)。『シビュラの託宣』には新しいエルサレムの思い出が書いてある。その町のまん中には「どこからでも見える、雲に達する巨大な塔をもった聖堂」が輝いている。しかし、天のエルサレムの描写の中でも最も美しいものは『ヨハネの黙示録』（第二十一章二節以下）の中にみられる。「ヨハネよ、私は聖なる都、新しいエルサレムが、夫のために着飾った花嫁のように支度を整え、天の神のもとより降りてくるのを見た」

ミルチャ・エリアーデ[*4]『永劫回帰の神話』（一九四九）より

＊1―古代メソポタミアの都市。フランスの考古学者たちにより発掘された。
＊2―紀元前三〇〇〇年頃のメソポタミアの都市ラガシュの支配者。
＊3―紀元前七世紀のアッシリアの王。
＊4―ルーマニアの宗教学者・作家。一九〇七年ブカレスト生まれ。宗教伝説やオリエントの神話を題材にした作品を多く書いている。一九八六年没。

## ことわざと歌

XXI
昨日　神に会い
神に話しかける　夢を見た
それから神が私に耳を傾ける夢を見た……
そのあと　私は夢を見ている夢を見た

XL VI
昨夜　私は神が　目を見開け！　と
私に叫んでいる夢を見た
しばらくすると眠っているのは神の方で
私は　目をお醒まし下さい！　と叫んでいた

アントニオ・マチャード

## エトセトラ

夢とは穂の夢を見る小麦の粒であり、人間の夢を見る類人猿であり、来るべきものの夢を見る人間である。

レーモン・ド・ベッケル

# 夢を見る人の声

　エウナピオスは想像力を大いに駆使し、カルキスのイアムブリコス（二五〇頃〜三二五頃）の生涯を推測し語っている。我々は彼がポルピュリオス[*1]の弟子であり、師に目をかけられていたことを知っている。また、彼はシリアにおける新プラトン主義の師であり、かの地でアシネのテオドロス、デシポス、ソパトロス、エウフラシオス、エデシウス、エウスタティオス等が彼のもとで勉学に励んだことも知っている。彼の主著はピュタゴラス学派の学説に関する大部な注釈であり、全十巻のうち五巻が現存している。ポティオス[*2]はその詳細をきわめた『ビブリオテケ』の中で、イアムブリコスが新プラトン主義にもたらした奇妙な傾向のことを報告している。それによれば、カルデア人の伝統を受け継いでいた彼は儀式を通しての魂の救済に傾倒し、魔術的神秘主義を擁護し、そして彼は魂の救済において知識を過小評価することになったということである。彼はキリスト教の普及に対する神秘的かつ魔術的な強力な反動の先頭に立とうとし、「第二のアスクレピオス」と呼ばれている。彼の魂の救済の夢については信じるに足るものは何もない。しかし、『エジプトの神秘について』（これが本当に彼に属するものであるならば）の中で、彼は次のような観察を述べている。人間に神の夢が現われるのは夢うつつの状態の時で、夢を見る人の声を聞くことができるのはそのためである。その声はちょうど知覚される影像が不思議なものに変化するように、（ゆがめられ）神秘的なものになると。

ロデリクス・バルティウス『数であるものと数でないもの』（一九六四）より

＊1―アレキサンドリアの哲学者（二三四～三〇五頃）。
＊2―コンスタンティノポリス出身のビザンチンの政治家、作家（八二〇～八九一）。

# ダランベールの夢[*1]

これはドニ・ディドロ[*2]（一七一三〜八四）の未発表の作品で、一八三〇年になり初めて出版された三部からなる対談の第二部。それらの三部は『ダランベールとディドロとの対談』、『ダランベールの夢』、『対談の続き』から成る。ダランベールは理神論信奉の弁で対談の端緒を開き、自分が至高なるものの存在を信じていると表明する。ディドロは自然を動物・植物・鉱物の三つの分野に分ける伝統的な区別は恣意的なもので支持しがたいと答える。なぜなら自然において我々が経験的に区別できることは、不活性の感性をもつか活性の感性をもつかということだけであるから。感性とは物質固有のものであり、物質と切り離すことはできない。自由意志の入りこむ余地はない。「厳密」科学（物理学、数学）と「推測」科学（歴史学、道徳、政治学）の間の唯一の相違は、前者からは我々の蓄積として絶対的に確実なものが得られるのに対し、後者からは相対的に確実なものしか得られない点である。我々に自然の四大の力のしくみがわかれば、神のごとくなれるのであろうが。ダランベールは懐疑主義が逃避場であるとほのめかす。しかし、ディドロは何人《なんぴと》たりと理性をもって自分が懐疑主義者だと宣言することはできないことを彼に示す。ダランベールは家に帰り、いくつかの悪夢のとりことなる。レスピナッス嬢が彼の寝言を書き留め、(彼女が呼んで来てもらった)ボルドー医師は彼を診察し、夢(すなわち言葉)の続きを推し測りながら楽しむ。ダランベールは目を醒まし、レスピナッス嬢と医師は、中枢神経系統に依存した形で一時的に結びついた微生物の集まりである人間について対談を行なう。そして、現代の科学が確証しているさまざまな予言を彼らは行なう。医師は自由意志と責任、長所と短所、美徳と悪徳というような概念の排除について考察を始める。それらの概念は単なる特別な生理学的状態にすぎない。また、「自然に反する」行為について語ることはできない。なぜならすべてが自然なのであるから。この点に至り、(ディドロの考え方を支持する)医師は、自分の推論が到達するであろう帰結に困惑し、対談を中断する。

エウスタキオ・ワイルド『フランス文学』(一八八四)より

＊1―ジャン・ダランベール(一七一七~八三)。フランスの科学者、哲学者。ディドロと共に『百科全書』を編纂。

＊2―フランスの哲学者、啓蒙思想家。代表作はダランベールと共に監修した『百科全書』。他に、小説『ラモーの甥』、対話体の哲学書『ダランベールの夢』等々がある。

# 夢

マーリーは夢を見た。

形を持たぬ我々の自己が「死の双生児」である眠りの世界を遍歴しながら行なう冒険を、心理学が解明しようと試みる時、どうしてよいものやら迷うものである。この物語は夢の解明かしを意図したものではない。ただマーリーの夢を記録するだけにとどめたい。あの目覚めた眠りの中で最も不可解に思われる様相のひとつは、数カ月もしくは何年にも及ぶような出来事がほんの短い時間の間に展開されることである。

マーリーは死刑囚の独房で処刑を待っていた。廊下の平天井の電灯がテーブルを照らしていた。白い紙の上を一匹の蟻が走り廻っていたが、マーリーは封筒でその行く手を遮断した。電気椅子での処刑は夜の九時に行なわれることになっていた。マーリーは昆虫の中で最も賢いものがもがく様を見て微笑んだ。

監房棟には七人の死刑囚がいた。彼が入ってきてから三人が連れていかれた。ひとりはわなにかかった狼のごとく、狂ったように抵抗した。ふたり目もこれに劣らず暴れ狂ったが、天に向かい偽善者ぶったお祈りを唱えた。三番目の男は臆病者で、失神したため、板にくくりつけられ連れていかれるはめになった。マーリーは自分の心臓と脚と顔とが自分に対しどのような反応を見せるだろうかと自問した。なぜならばその夜は彼の処刑の夜だったから。もう九時頃ではないだろうかと彼は思った。

廊下の反対側の真向かいの独房にはカルパーニが入っていた。彼は許婚《フィアンセ》を殺し、さらに自分を逮捕にやってきた警官ふたりを殺したシチリア人であった。何度もふたりは独房越しに西洋碁《チェッカー》をしたものであった。自分の指す手を大声で見えない対戦相手に知らせながら。

歌手のようなすばらしい声をした彼の轟きわたる大声が呼びかけてきた。

「ねえ、マーリーさん、どんな気分だね？　元気かい？」

「元気だとも、カルパーニ」とマーリーは落ち着いた様子で言い、蟻を封筒につかまらせ、そっと石の床におろしてやった。

「そうこなくちゃ、マーリーさん。俺たちのような男は男らしく死ななくては。来週が俺の番だ。それで結構。覚えていてくれよ、マーリーさん、最後の勝負は俺が勝ったってこと。おそらく、またふたりでやることになるかもしれない」

死刑囚たちは廊下の突きあたりの扉が開く時の錠前の乾いた音を聞いた。三人の男がマーリーの独房のところまでやって来て、扉を開けた。ふたりは看守であった。もうひとりはフランクで、――いや、それは昔のことで、今はフランシスコ・ウィンストン師といい――マーリーが貧しい暮らしをしていた頃の友人であり隣人であった。「やっとここの教誨師にしてもらうことができたよ」と言って彼はマーリーの手を強く握りしめた。左手には小さな聖書を半開きにして持っていた。

マーリーはかすかに微笑み、テーブルの上の本と鉛筆入れを整理した。話をしたかったが何を言ってよいものやらわからなかった。囚人たちは奥行二十三メートル、幅九メートルのこの監房棟のことを辺土横町《リンボ》と呼んでいた。辺土横町のいつもの看守はがさつだが親切味のある大男で、ポケットからウィスキーの小瓶を取り出し、それをマーリーに差し出して言った。

「習慣だよ、わかるかい。元気づけにみんなやるんだ。やみつきになる心配はないしな」

マーリーは存分に飲んだ。

「その調子だ」と看守は言った。「こいつは上等な鎮静剤だから、すべてはうまくいくよ」

彼らは廊下に出た。他の死刑囚たちにはそれがわかった。辺土横町はこの世の外の世界で、五感のうちのどれかが欠けている時は、他の感覚がその代わりをつとめてくれる。死刑囚たちはみんな今九時頃で、マーリーが九時に電気椅子のもとに行くことを知っていた。多くの辺土横町においては犯罪のランク付けも行なわれている。闘争心を燃やし公然と人を殺す者はどぶ鼠人間、蜘蛛人間、蛇人間の類を軽蔑する。だから、七人の死刑囚のうち三人だけが、マーリーが看守にはさまれ廊下を遠ざかってい く時に別れの挨拶を叫んだ。彼らはカルパーニ、脱獄を企て看守を殺した男マーヴィン、それからバセットである。この男は列車強盗で、車掌が手をあげようとしなかったために殺すはめになったのだった。ほかの四人は卑屈な沈黙を守っていた。マーリーは自分が落ち着きはらい、ほとんど平然としているのに驚いていた。処刑の部屋には二十人ばかりの人がいた。看守、新聞記者、立会人……

ここのところで、オー・ヘンリー[*1]が死んだために、文章が終わらないまま「夢」は中断されている。しかし、我々には結末がわかっている。愛人殺害のかどで告発され有罪となったマーリーは説明しがたい落着きを見せ、自分の運命とむかい合う。電気椅子のところへ連れていかれ、くくりつけられる。突然、その部屋、見物人、処刑の準備等が彼には非現実なものに思われてくる。彼は自分がとてつもない過失の犠牲者だと思う。なぜ自分をこの椅子に縛りつけるのか？　俺が何をやったというのだ？　どんな犯罪を犯したというのか？　彼は目を醒ます。傍らには妻と息子がいる。彼は殺人、裁判、死刑の宣告、電気椅子等が夢だったのだと気づく。まだ震えながら妻の額に口づける。この瞬間彼は処刑される。

処刑がマーリーの夢を中断させる。

オー・ヘンリー

＊1――アメリカの作家（一八六二～一九一〇）。本名はウィリアム・シドニー・ポーター。意外な結末に終わる短篇を数多く書いている。

## マカリオス[*1]の夢

聖マカリオスは夢を見た。夢の中で砂漠を歩いていると髑髏《どくろ》が見つかり、杖でそれを動かしてみた。その髑髏が嘆いているように思われたので、マカリオスは誰なのかと訊いてみた。「私はかつてこの場所に住んでいた偶像崇拝の僧のひとりです。あなたはマカリオス神父ですね」。彼はさらに続けて言った。マカリオスが地獄に堕ちた者のために祈ると自分たちは何となく慰められる。また、自分たちはみんな天から地に至るほど深い地獄の業火の中に沈み、埋められており、互いの顔も見ることができない。しかし、どなたか情深いお方が自分たちのことを思い出して下さると、かすかに見えるようになる。そして凄まじいばかりの光景を見ると孤独な気持が薄らぐ、ということであった。

『オリエントの行者たちの生涯』より

＊1—エジプトの聖マカリオス（三〇一頃〜三九一）。聖アントニウスの弟子。

## 意識と無意識

自伝の中でユング[*1]はある印象的な夢について語っている。（もっとも印象的でない夢などないが。）ある寺院の前で蓮《はす》の姿勢をし地面にすわっていると、深い瞑想に沈んでいるひとりのヨガ僧に気がついた。近づいていって見ると、ヨガ僧の顔は自分の顔だった。恐怖にとりつかれ逃げ出すと目が醒めたが、彼は次のような思いにとらわれた。「瞑想にふけっているのは彼の方で、彼が夢を見、この自分は彼の夢の中の存在なのだ。彼が目覚めたら、自分はもはや存在しなくなる」

ロデリクス・バルティウス『数であるものと数でないもの』（一九六四）より

＊1――カール・グスタフ・ユング（一八七五〜一九六一）。スイスの心理学者、随筆家。精神分析学の創始者のひとり。

# エルの夢

これはパンピュリア族出身のアルメニア人、勇敢なエルの物語である。彼が戦争で死ぬと、それから十日目に遺体は腐敗していない状態で収容された。十二日目に、これから火葬しようという時に彼は目を醒まし、あの世で見てきたことを物語った。

この世を後にすると、彼の魂は他の人たちの魂と一緒に、大地に開いたふたつの裂け目が天に開いたふたつの裂け目と相向かい合っている場所へと進んでいった。ふたりの裁判官が裁定を下しており、心正しき者たちは右側を通り天に昇って行き、心悪しき者たちは左側を通り地下へと進んでいった。エルがやってくるのを見ると、裁判官たちはそこで起こることのすべてを人間たちに知らせる使者となるように命じ、注意を凝らし観察するようにと言った。

大地に開いた一方の裂け目からは、よごれた埃だらけの魂が出てきた。そして天に開いた一方の裂け目からは、全く清らかな魂が。それらの魂はいずれも長い旅をしてやってきたようであった。彼らは牧場に寄り集い、昔からの知り合いのように、地から来た魂は天上のことを、天から来た魂は地下のことを尋ねていた。ある魂は千年もの長きにわたり嘗めてきた辛酸に涙し、また、ある魂は天国で味わってきた幸福を賞讃していた。

いずれの魂もかつて己れが犯したひとつひとつの不正に対し、その十倍の罰を受けた。そして、それぞれの罰は人生の本来の長さである百年の間続いた。敬虔なる魂はひとつひとつの善行に対し、その十倍の大きさの報いを受けた。

ある魂は千年前のパンピュリアの僭主アルディアイオス王[*1]のその後の運命について尋ねた。すると別の魂が彼には会っていないと答えた。アルディアイオスはその老父と長兄を殺害した。神々や肉親に対し不敬を行なう者にとって、その懲らしめは先に語った刑罰よりももっとひどいものであった。

突然、アルディアイオス及び他の大罪人たちが裂け目から顔を出した。しかし、その裂け目は吼え声を発して口を閉じてしまい、焔に包まれた獰猛な者たちが彼らを奈落の底へと突き落とした。アルディアイオスは両の手足を縛られ、生皮をはがされ、さんざしの棘で肉を引き裂かれた。しかし、地獄に堕とされる者にとり、最も恐ろしいものはあの吼え声であった。

魂たちは牧場で七日間休息をとり、八日目に旅立った。四日後に虹のようだがそれよりももっとずっと輝かしい火の柱のところに到着した。それは天と地のすべてを貫いていた。天の鎖が見えた。その光は天圏全体を結びつけている綱であった。そこには全世界を回転させている女神アナンケの紡錘[*2]がのびていた。軸を一にした八つの天圏が見えた。それらは各々が他の天圏にはまり込んでいる、凹形の車輪のごときもので、それらの縁は異なった色と輝きとをもっており、すべては同一平面をつくり上げている。すべてはちがった速度で、八番目の天圏の中心を貫いている紡錘とは逆の方向に回転している。セイレン[*3]がそれぞれの天圏を支配しており、各々がいつも同じ調子のひとつの音を発していた。八つの声は協和音をつくり上げていた。等間隔の玉座はアナンケの娘にして運命の女神であるラケシス、クロト、アトロポスがすわっている。彼女らはその歌声でセイレンの歌に合わせていた。その歌でラケシスは過去を回顧し、クロトは現在について語り、アトロポスは未来を予言していた。

魂たちはラケシスの前に到着すると、うらない師によって自分たちが死すべき肉体をもって新たなる生の段階を始める旨を知らされた。「自分で己れの運命を選ぶがよい。そなたたちはその運命とは切っても切れない関係になる。魂には定まった主《あるじ》はいないから、各自、自分の行なう程度に応じ徳をもつことになろう」

エル以外の魂たちは各自順番のついた籤《くじ》を引いた。そして、上位の番号を引いたもののから順番に人生の見本を選んだ。それらの中には僭主、乞食、追放者、困窮者の見本もあれば、容姿、気力、頑強さ、血筋、家柄において優っているもの、さらには男女の別、全然目立たない人生の見本などがあった。また、富と貧乏、健康と病気も混入していた。ついてまわる危険は大きなものであったから、よい見本を選ぶためには慎重さと良識とが必要であった。

うらない師は次のように言った。

「最後になったものでも分別をもって選べば幸福が得られる。だから、一番籤だからといって油断は禁物だし、最後になったからといって落胆してはいけない」

一番籤の魂はあわてふためいて駆けつけていき僭主を選んだ。彼の運命にはわが子を喰うことが含まれていた。それを知ると彼はその責任を己れの不運と神々たちとに帰せしめ、自分以外のあらゆる者を呪った。彼は天から来た魂で、生前は徳を行なっていたものであった。地からやってきた魂たちは辛酸を十分体験してきていたから、もっと慎重に選択していた。

オルペウスは自らの死のことを思い出し、女性に反感を抱き、女に孕まれて生まれることを嫌い、白鳥になることを選んだ。タミュリス[*4]は小夜啼鳥《ナイチンゲール》に生まれ変わることに決めた。鳥のあるものたちは人間を選んだ。二十番目の籤を引いた魂は獅子になろうとした。それはアイアス[*5]の魂だった。次の番の魂は鷲になることを選んだ。それはアガメムノン[*6]の魂で、周知のごとく、彼は人類を憎悪していた。アタランテ[*7]は運動の競技者となり、名誉を手にすることに決めた。エペイオス[*8]は技芸を身につけた女になることにした。最後の方になった魂の中にテルシテス[*9]がおり、滑稽な猿の姿を着用していた。また、オデュッセウスの魂はみんなから離れた所で忘れられていたが、彼は目立たない普通人としての生活を選んだ。

選択がおわると、それぞれの魂はラケシスから守護神を受け取った。クロトは彼らの運命を確認し、アトロポスはそれらを変更できないものとした。

守護神と共に魂たちは（もはや引き返すことができなかったので）アナンケの玉座の前を通り、忘却の平原へと向かった。そこには木を始めとして大地が生み出すものは何もなかった。ものすごい暑さであった。たそがれ時に《不憂の河》に着いた。その河の水はいかなる容器をもってしても汲むことができない。それを飲みすぎたものは記憶を喪失した。真夜中ごろ、魂はみんな眠っていたが、大地が吼え声をたてて揺れ、魂たちは流星のように空間に投げ出され、彼らの前世の場所とはちがったところへと向かった。

エルには水を飲むことが許されなかった。それ故に彼は自らの肉体のうちに蘇り、目を開き空を見上げると、明け方で、自分が火葬の薪の上にいるのを見出したのであった。

プラトン『国家』より

＊1―おそらくは架空の人物であろう。
＊2―「必然」が神格化されたもの。
＊3―ギリシャ神話で、ムサのひとりメルポメネとアケロオスの間に生まれた娘たち。シチリア島近くの小島に住み、その美声と楽の音とで船乗りたちを魅惑し難破させた半人半鳥の海の精。ここではそれぞれの天圏の星をあらわす。
＊4―ギリシャ神話で、吟唱の技にすぐれていた美貌の詩人。女神ムサたちとその芸を競い、破れ、その両眼と吟唱の技を奪われた。
＊5―ギリシャ神話で、テラモンの息子。ヘラクレスと共にトロイアに遠征。
＊6―ギリシャ神話で、トロイア戦争におけるギリシャ軍の総大将。戦勝による褒賞としてトロイアの女予言者カッサンドラを得るが、帰国後、妻とその情夫により殺される。
＊7―ギリシャ神話で、狩猟のたくみな足の速い娘。自分と競争し勝った者と結婚すると言って、負けた者たちを殺した。求婚者のひとりメラニオンは黄金のりんご三個を走りながら次々と落とし、これらをアタランテに拾わせ競争に勝ち彼女と結婚した。
＊8―ギリシャ神話で、トロイア包囲戦に参加したギリシャの戦士、工匠。有名な木馬の製作者。
＊9―トロイア戦争に参加した戦士。『イリアス』中で、ギリシャ軍の中で最も醜く、意地が悪く、口汚ない男として描かれている。アキレウスに殺される。

## 横糸

我々が疲れきりぼんやりした状態で絨毯《じゅうたん》（その図柄には決して同一のものはない）を眺めて思うことは、それがおそらくは地上の生の一断面であろうということだ。裏側の横糸はこの世のもうひとつの側面を描き出す。（そこでは時間と空間が消えているか、あるいは両者が屈辱的に又は華々しく誇張されている。）つまり、裏側の横糸は夢を織り成している。絨毯の製造業者でフェルドウシー広場の前で商売をしているモイセス・ネマンは、テヘランでこのような夢を見た。

ガストン・パディーリャ『あるとるに足らぬ者の回想』（一九七四）より

# 王の目覚め

一七五三年の軍事的敗北の後、カナダにいたフランスの間諜たちはインディアンの間に次のような噂を広めた。すなわち、フランス国王は近年ずっと眠りに陥ったままであったが、ようやく目を醒ますと、「赤き肌の朕の息子らの国に侵入した英国人どもを、今すぐ追い出さなければならぬ」とおおせになったと。この噂は大陸じゅうに広まり、有名なポンティアック[*1]の陰謀の原因のひとつとなった。

H・デヴィニュ・ドゥーリトル『世界史散策』（一九〇三）より

＊1――インディアンの首領（一七二〇頃～六九）。フランスと同盟を結び、一七六六年、イギリス人に対するインディアンの反乱を企てたが失敗した。

## ラグナレク[*1]

夢において（とコールリッジは書いている）イメージはそれがもたらすと一般に思われている感覚を形象化する。すなわち、スフィンクスが我々を威圧するがために我々は恐怖を覚えるのではなく、我々の抱く恐怖を説明するためにスフィンクスの夢を見るのである。彼の言うことが本当ならば、夢の形象の単なる記録でもって、あの晩の夢を織り成している驚き、興奮、警戒心、脅迫、狂喜といったものをどうして伝達することができようか？ しかしなにはともあれ、そのような記録を試みてみようかと思う。おそらくは、あの夢がたったひとつの場面からできているという事実が、本質的な困難を除去してくれるかあるいは少なくしてくれることであろう。

場所は大学の哲文学部で、時刻は夕方であった、すべては（夢ではよくそうしたことが起こるのだが）少しばかり実際とは異なっていた。あらゆるものがちょっぴり誇張されていた。我々は執行部の選出をしていた。私はペドロ・エンリケス＝ウレーニャ[*2]と話をしていたが、実際には彼はもうずっと以前に亡くなっていた。突然デモ隊もしくは音楽隊の大きな音が我々を驚かせた。人間や動物のわめき立てる声が河岸の方から聞こえてきた。ある声が叫んだ。「あそこにやって来る！」それにひき続き、「神々だ！　神々だ！」という声がした。群衆の中から四、五人が出てきて、大講堂の壇上に立った。みんなは涙を流しながら拍手喝采をした。彼らは幾世紀にもわたる追放の後戻ってきた神々であった。演壇にいるが故にその姿は大きく見えた。彼らは頭をのけぞらせ、胸を張り、尊大な態度で我々の敬意を受けた。彼らのひとりは木の枝を持っていたが、それはよく夢に出てくるありきたりの植物のひとつであった。また、ある者は大様な態度で、鋭い爪をした手を差し出していた。双面のヤヌス[*3]の一方の顔が疑惑に満ちた目でトート[*4]の曲がった嘴を眺めていた。おそらくは我々の喝采に興奮したためであったろうか、彼らのひとりが、どちらであったかは定かではないが、突然勝利の啼き声を発した。その声は信じ難いほど不快なもので、うがいの音のような、かつ、口笛のような響きを帯びていた。事態はそれを境に一変した。

　すべては、神々は話すことができないのではないかという疑惑（おそらくは誇張されたものであったろうが）から始まった。幾世紀にもわたる厳しい逃亡生活が彼らにおける人間的なものを衰退させたのだった。イスラムの月とローマの十字架はこれらの逃亡者たちに対し情容赦なかった。非常に狭い額、黄色い歯、ムラート[*5]や中国人のような薄い髭、それから獣のような下唇の突き出した口は、オリュンポスの神々の血統の退廃ぶりを表わしていた。彼らの衣服は節操や気品にみちた清楚さからはほど遠く、河岸の博打宿やあいまい宿によく見られるあの趣味の悪いけばけばしさがあった。ボタン穴には鮮血のようなカーネーションをつけ、ぴったりとした上着には匕首《あいくち》をしまい込んであることが推察できた。突然、彼らが最後の賭け勝負を行なっていること、彼らが年老いた肉食獣のように腹黒く無知で残忍であること、さらに、もし我々が恐怖もしくは憐憫の情にとらわれたりするならば、我々は彼らに滅ぼされることになるだろうという思いがしてきた。

我々はずっしりと重い拳銃を取り出し（そう思うやいなや拳銃は夢の中に現われ出てきた）、狂喜して神々たちを射殺した。

ホルヘ・ルイス・ボルヘス

＊1―神々と巨人との決戦による世界の破滅、神々の最期をあらわす北欧神話。

＊2―ドミニカ生まれの言語学者、文芸批評家（一八八四～一九四六）。長らくアルゼンチンの大学で教鞭をとった。

＊3―ローマ神話で双面の門の守護神。一方は前（未来）を、他方は後（過去）を見ている。

＊4―古代エジプトの芸術と学問の神。朱鷺の頭をした人間もしくはマントヒヒのような姿をしている。

＊5―白人と黒人を両親とする混血児。

# 死ぬこと、眠ること、おそらくは夢を見ること

彼は皆に不愉快な思いをさせまいと、また皆に悩まされないようにと隠していた下腹部の執拗な痛みが止む夢を見た。我慢もしないのに痛みは消え失せた。料理女のエウストリア（彼はこの老女を母親から引き継いだのだが、ああ、彼女は偏執狂であった）が姪と一緒に暮らすために去り、彼はやっと自分の好きなものが食べられるようになるという夢を見た。家の中はにんにくの悪臭がしなくなった。さらに彼はラビニアと再会する夢を見た。忘れじのラビニアは幸いにもひとり身であった。結婚式はごく内輪で行なわれた。彼は文学の擁護の無用なることについての大部のアンソロジーを編纂する夢を見た。批評家たちは一致してその本を賞讃した。彼はクリスマスの宝くじで一等賞になる券の夢を見た。その券を捜し出すのには骨がおれたが、彼の富は確固たるものとなった。彼はパレルモ[*1]競馬場の次回の開催日の全レースに勝つ夢を見た。だが彼は競馬を嫌悪していた。かつて彼の叔父のひとりが自殺するはめに追い込まれたから、等々。そして彼は自分が目を醒ます夢を見たが、実際には目を醒まさな

かった。もう数分前から彼は死んでいたのだった。

エリセオ・ディアス『偶然に関する覚え書』（一九五六）より

＊1―ボルヘスが少年時代を過ごした、ブエノスアイレス郊外の地区。

# SOÑAR

ラテン語の動詞 somniō から派生。我々が眠っている時意識がつくり出すある種の幻想のことで、それについてはあまり気にする必要はない。ただ医師たちが病人において支配的な体液を判断する材料とするあの夢のたぐいは、何らかの真実らしき様相を帯びている。また、神がヨセフや他の聖者たちに行なった神聖なる啓示はこれとは違うものである。「盲が目の見えるようになった夢を見、夢の中で何をしようかと考えていた」。それは犬の夢に変わった。一匹の犬が一切れの肉を食べている夢を見ていた。肉をしっかりと噛み、満足そうに響きのない声で唸っていた。飼主は犬がそうしているのを見ると、棒を取り何度もなぐりつけた。それでやっと目を醒ましたが、何故だかわからないが棒でなぐられていた。

セバスティアン・デ・コバルービアス・オロスコ[*1]『カスティーリャ語もしくはスペイン語辞典』(一六一一)一九四三年版より

＊1―スペインの辞書編纂者（一五三九〜一六一三）。

# ふたりの騎士

死の床でゴットフリート・ケラーは友人に、幾晩か前のことふたりの騎士を見たと打ち明けた。彼らは頭のてっぺんから足の先まで純金でできた甲冑を身につけ、ふたつの窓の間にある小さな衣裳だんすのそばで平然として立っていたということであった。作家は繰返し何度もその話をしたが、その場を蔽《おお》っていたという驚異的な輝きをうまく言い表わすことはできなかった。

イブラーヒーム・ザイド『雑録集』(一九三二)より

## In illo tempore（あの当時）

奨学生としてコレヒオ・デ・メヒコで学ぶために、私は一九四九年三月十八日、メキシコに到着した。出迎えに来てくれた友人たち――その中にはソニア・エンリケス＝ウレーニャもいた――は私を寄宿舎まで送り届けてくれ、そのあと別れた。私はわずかな荷物（その中にはラテン語の辞書が一冊含まれていた）を整理し、すぐに眠りについた。三十四時間の長旅の後で私は疲れていた。

数カ月が過ぎ去った夢を見た。私がブエノス・アイレスに帰る数日前で、アルフォンソ・レイエス[*1]が週末にクエルナバカ[*2]のホテルに私を招待し、お別れの記念として彼が翻訳した『イリアス』の最初の九つの歌を読んで聞かせてくれた。私は彼が当時インドゥストリアス通りにある《アルフォンソ礼拝堂》で、毎日午後にひとり静かにその翻訳にとりかかっていたことをそれまでよく見てきていた。アルフォンソ・レイエスはアナウアク高原[*3]の真只中で、私だけのためにホメーロスの作品を読んでくれていた！（ペドロ・サルミエント・デ・ガンボア[*4]はオデュッセウスの足跡がメキシコの地で発見されたと断定しはしなかったか？）私はホメーロスの訳が入っているルゴーネス[*5]の全詩集を彼に贈呈した。

翌朝私は非常に早く目を醒ました。コレヒオは一区画ばかり先に行った所のナポリ通り五番地にあった。行ってみると門は閉まっていた。私は新刊書を買い込み読み始めた。しばらくするとライムンド・リダ[*6]に出会った。私たちは二階の言語学教室へと上がった。一時間後にリダが私に言った。「ドン・アルフォンソが君をお待ちかねだよ」。私は下りて行った。「ロイ君、くつろいでおくれ。今日からはここをわが家と思ってくれたまえ。おすわり」。それからすぐに、「ペドロのこと話しておくれ」と言った。私は話し始めた。支離滅裂なものだった。追憶が私を圧倒していたのだった。レイエスは（おお、彼はかれこれ四十年の間ペドロの親友であった）その感動を隠さなかった。ペドロ・エンリケス＝ウレーニャの思い出は星のようにしっかりと、また友情のように熱っぽく私たちを結びつけてくれていた。

数カ月が過ぎ去った。

私がブエノスアイレスに帰る数日前のある週末のこと、アルフォンソ・レイエスはマヌエラ夫人と一緒に、私をクエルナバカのホテルに招待してくれた。私はこれから何が起こるか想像した。私はルゴーネスの本を買ってきていたのだ。二日間にわたり（おお、神々よ、私ひとりのためにです！）ドン・アルフォンソは『イリアス』の最初の九つの歌の脚韻付きの翻訳を読んでくれた。

それから私は次のような夢を見た。アステカ族の首都の空港に到着し、友人たちが出迎えに来てくれ、寄宿舎まで私を送り届け、そのあと別れた。私はわずかな荷物を整理した。(実のところ、私はほとんどラテン語の辞書を使わなかった。)翌朝になり、場面はコレヒオに移り、ライムンド・リダが私に言った。「ドン・アルフォンソが君をお待ちかねだよ」。私は下りていった。「ロイ君、くつろいでおくれ。今日からはここをわが家と思ってくれたまえ。おすわり」。それからすぐに、「ペドロのこと話しておくれ」と言った。私は話し始めた。エンリケス゠ウレーニャの思い出が私たちを結びつけてくれていた。

ロイ・バーソロミュー

＊1―メキシコの詩人、歴史家、随筆家(一八八九～一九五九)。現代イスパノアメリカ文学を代表する作家のひとり。
＊2―メキシコの観光都市。モレーロス州の州都。
＊3―メキシコ市郊外にある火山台地。
＊4―スペインの航海者、作家(一五三〇頃～九二頃)。『インカの歴史』の著者。
＊5―レオポルド・ルゴーネス(一八七四～一九三八)。アルゼンチンのモデルニスモの代表的な詩人。
＊6―一九〇八年生まれ。ブエノスアイレス育ちの言語学者、批評家。一九七九年没。

# 敵のエピソード

私は長年逃げ廻ると同時に待ち受けていたのであるが、もうすぐその敵が私の家に来る。窓から彼が丘のでこぼこ道を苦労して登ってくるのが見えた。彼はステッキをついていた。それは年老いた者の手にあっては武器ではなく、寄りかかる杖にしかなり得ない愚鈍なステッキであった。私は自分が待ち受けていたものになかなか気がつかなかった。それほど彼が扉を叩く音は弱々しかった。私は書き上げた原稿と途中までになっている下書きとアルテミドーロス[*1]の夢に関する論文をなつかしい思いで見た。この本がそこにあるのはちょっと異常であった。なぜならば、私はギリシャ語が読めないから。これは後になり考えたことだが。私は鍵をかけ抵抗すべきであった。私はその男が今にも床に崩れ落ちるのではないかと思ったが、彼は覚束ない足どりで数歩あるき、ステッキを手放し——それは二度と再び見ることはなかった——、ぐったりとして私のベッドの上に倒れた。私はこれまで不安にかられ何度も彼の顔を想像してきたが、その時初めて、ほとんど親愛の情を覚えるほどに、彼がリンカーンの最後の肖像画に似ているのに気づいた。午後の四時頃だったであろうか。

私は彼が私の声を聞けるようにと彼の上に身を傾けた。

「人は年月が自分だけに過ぎ去っていくと思いがちだが」と私は彼に言った。「しかし、他の者たちにも同様に過ぎていくものなんだよ。遂にぼくたちはここで出会った。過去に起こったことはもうどうでもよいことだよ」

私が話している間に、彼は外套のボタンをはずした。その右手は上着のポケットの中にあった。彼は何かを私に見せたが、よく見るとそれは拳銃だった。

その時彼はしっかりとした声で言った。

「この家に入り込むために同情を誘う手段に訴えたのだ。君は今はぼくの思いのままだが、ぼくは情深くはないよ」

私は何かうまい言葉を捜した。私は腕力のある男ではないから、ただ言葉だけが私を救ってくれることができた。考えた末に次のような言葉が思い浮かんだ。

「昔、ある子供をいじめたことは事実だ。でも、もう君はあの時の子供ではないし、ぼくもあの時の無分別者ではない。それに報復は許しを与えること以上に虚栄に満ち愚かしいものだよ」

「まさしく、ぼくがあの時の子供ではないが故に」と彼は反駁した。「ぼくは君を殺さなければならない。これは報復ではなく、正当な裁きなのだ。ボルヘス君、君の言っていることは殺されるのが恐いがための単なる言逃れに過ぎない。もう君はどうすることもできないよ」

「ひとつだけできることがあるよ」と私は彼に答えた。

「何だね？」彼は訊いた。

「目を醒ますことさ」

そうして私は目を醒ました。

ホルヘ・ルイス・ボルヘス

＊1――紀元二世紀のギリシャの作家。『夢占い』の著者。

## 本当か否か

子供の頃、バートランド・ラッセルは次のような夢を見た。寄宿舎の自室のテーブルの上に置いておいた用紙の中に、「裏側に書いてあることは本当ではない」と書いてある一枚の紙があるのを見出した。裏返して見ると「裏側に書いてあることは本当ではない」と書いてあった。彼は目を醒ますとすぐにテーブルの上を捜してみた。その紙はなかった。

ロデリクス・バルティウス『数であるものと数でないもの』（一九六四）より

## 石油の夢

石油国有化の投票に先立つ一九五〇年の夏、私は主治医に長期の休養を命じられました。一カ月後、眠っている時に、夢の中に輝くばかりの人物が現われ、私に次のように言いました。「休息をとっている場合ではない。立て、そしてイラン国民を縛っている鎖を解き放ちなさい」。私はその呼びかけに応じました。私は疲労困憊していましたが、石油委員会での仕事を再開しました。二カ月後、委員会が国有化の原則を受諾した時、夢の中の人物が私に幸運を暗示してくれたことがわかりました。

ムハンマド・モサッデク[*1]（一九五一年五月十三日、イラン国会本会議にて）

＊1――イランの政治家（一八八一～一九六七）。一九五一年首相に任命され、石油を国有化し、国内におけるイギリスの経済支配を打破しようとした。

## 投影

この世のものすべてはふたつに分かれている。ひとつは目に見えるものであり、もうひとつは目に見えないもの。目に見えるものは目に見えないものの投影にすぎない。

『ゾーハル』[*1]第一章三十九節より

＊1――十三世紀スペインに住んでいたユダヤ人神秘思想家モーシェ・デ・レオンがアラム語で書いたヘブライ神秘主義による文学作品。

# 十字架の夢

最もすばらしい夢をお聞かせしよう。それを見たのは真夜中、すなわち、言葉を用いる人間が休息の世界で暮らしている時間。

光の織り成す驚異的な一本の木が、宙に昇っていくのが見えた。それは木々の中で最も輝かしい木。

その驚異的なものはすべてが金色に蔽われていた。

その根元には宝石があった。また、てっぺんの枝の付け根にも五個の宝石があった。

宿命的にみんな美男である主の使たちが、それを眺めていた。

確かにそれは悪人用の絞首台ではなかった。天の精霊たちや地上の人間たち、さらに栄えある天地の万物がその木を崇めていた。

勝利の木は驚異的であった。罪に染まり悪徳に汚れた私は、栄光の木が衣服に蔽われ、歓喜に輝き、金色に包まれるのを見た。宝石類は主の木を格調高く蔽《おお》っていた。

あの金色越しに、さもしき者たちのいにしえの仲違いが垣間見られた。右の脇腹から血が流れ出ているのが見えた。

私はその凄絶な光景に震え上がり、深い悲しみにとらわれていた。

その生ける標識が衣服と色彩とを変えるのが見えた。

ある時は血の流れがその木を汚し、またある時は宝石類が飾り立てていた。

一方、私は長い間救世主の木を悲痛な思いで眺めながら寝ていた。

その木が話し始めた。木材の中で最も貴重なその木は言葉でもって次のように言った。

「これから話すことはずっと昔に起こったこと。まだ覚えている。私は森のはずれで伐採されたのだった。

根元から切り離され、

屈強な敵どもに捕われた。

みんなの前で晒しものにされ、

死刑囚を高く掲げるよう命じられた。

私は男たちに背負われ、丘の頂で固定された。

私はそこで敵どもに抑えつけられた。

人類の主が自らの御意志で急いで私によじ登ろうとされるのを見た。

私にはその気になれば敵どもをすべて押しつぶすこともできたが、しっかりと背を伸ばし立ったままでいた。力強く毅然としたその若き英雄は全能の神で、衆人の環視の中、勇気をもって人類を救済するために処刑台の上にのぼられた。

そのお方が私をお抱えになると全身に震えが走った。

私には大地に身を折り曲げる勇気がなく、立ち続けた。

私は主の十字架となった。

強大な王であられる天上の主を私は高く掲げた。

私には身を折り曲げる勇気がなかった。

黒い釘が私に打ちつけられた。その時の傷跡はまだ残っている。

私には誰をも傷つける勇気がなかった。

みんなが私たちを笑いものにしていた。

脇腹から吹き出した血が私にはねかかった時、あのお方は御隠れになった。

私は丘の上で大いなる不幸な目にあった。

私は天軍の主が無残にも殺されるのを見たのだった。暗雲が主のお体を蔽っていた。

あの輝きの中からひとつの影が現われ、それは雲の下で黒々としていた。

万物が自分たちの王の死を嘆き悲しんでいた。

キリストが十字架にかかっていた」


九世紀のアングロサクソン族の作者不詳の詩より

## タマーム・ショト（終わった）

昨日私たちはテヘランからここにやって来た。砂原や廃墟と化した村々、崩れ落ちた隊商宿、さらにイラン高原の起伏の多い地形を五百キロ走って。私たちは疲れていた。だが、気持は高ぶっていた。シャー・アッバースで風呂を浴び、うまいお茶を飲んでから散歩に出かけた。庭園、並木道、丸屋根、塔。イスファハーン[*1]の夜は夢幻的で、夜空は完璧なまでに晴れ渡っていた。

ホテルに戻った時、私たちはくたくたに疲れていたが幸福な気分で、眠気に抗い難くなるまで雑談をした。その夜、私はロトフォッラー・モスクの驚異的な丸屋根のまん中に、魔力をもったルビーが一個隠されているという夢を見た。慎しみ深い人がその真下に立ち、沈黙を守り、息を凝らすと、隠された財宝のありかを幻で見るということであった。財宝の存在は人々の間に広まることもないし、それを我がものにしようと企てることも不可能である。なぜなら、そうする者は木と化し、木は雲と化し、雲は石と化し、さらに石は木端微塵に砕けてしまうから。ルビーは喜びと驚嘆とを与えはするが、富を約束するものではない。

今朝私たちは再びメイダーン・イ・シャー（王の広場）に出かけた。アリー・カプー宮殿の奥の回廊から音楽の間まで見てまわった。階段の一段一段が非常に高く、また信じられない位幅が狭いのには驚かされた。ある人の説明によれば、敵の騎兵の侵入を防ぐためということであった。

メラニアがかつてのポロの競技場（それは世界一美しい広場であった）に面したテラスのところにぐずぐずと留まっている間に、私は居ても立ってもいられなくなった。私は広場を横切りロトフォッラー・モスクに行き、丸屋根の真下に立ち、沈黙し、息を凝らした。黄色い光が微妙に色調を変え降り注いでいた。

突然、おお、何と驚くべきことか！　財宝はびっくりするほどたくさんあり、しかもそれは簡単にわがものにできる位すぐ近くの、雀か鳩の巣になっている崩れ落ちた古い塔の中、もしくは町のはずれのあいまい宿にあった。その幻はほんの一瞬にして無限の目まぐるしいばかりの輝きの中で私に現われた。

私はアリー・カプー宮殿に戻った。それから私たちは「金曜日のモスク」を見てまわり、三十数個のアーチから成る古い橋を渡った……

この覚え書はこれで終わりにしたものか、それとも石となって砕け散ったものか？

ロイ・バーソロミュー

＊1――イラン中部にある都市。十六世紀末、サファヴィー朝第五代アッバース一世により首都に選ばれ繁栄した。

# 隠された鹿

鄭《てい》の国のある樵《きこり》が野原で鹿に出喰わし、竦《すく》み上がったその鹿を殺した。他人に見つけられないようにと彼は鹿を森の中に埋め、葉と枝で覆いをした。しばらくして彼はそれを隠した場所を忘れてしまい、すべては夢の中の出来事と思い込んだ。そして、そのことが夢であったかのようにみんなに話して聞かせた。その話を聞いたある男が隠された鹿を捜しに出かけ、それを見つけた。彼は鹿を家に持ち帰り、妻に言った。

「ある樵が鹿を殺し、それをどこに隠したか忘れてしまうという夢を見たんだよ。そして今俺様がそれを見つけ出したというわけさ。あの男はまったくもって夢想家だ」

「お前さんは夢の中で鹿を殺した樵に会ったんですよ。実際に樵がいたとでもお思いかい？　でもここに鹿があるのだからお前さんの夢は正夢だね」と妻は言った。

「仮に俺が夢のお蔭で鹿を見つけたとしてもだ」と夫は反駁した。「なんでふたりのうちどっちが夢を見たのか確かめようと気をもんだりする必要があるかね？」

その晩樵はまだ鹿のことを考えながら家に帰った。そして今度は本当に夢を見た。

夢の中で鹿の隠し場所を夢に見た。さらに、誰がそれを見つけ出したかも夢に見た。夜が明けると相手の男の家に出かけ、鹿を見つけた。ふたりは口論し、事を解決してもらうために判官の前に出頭した。

判官は樵に言った。

「実際に鹿を殺したのはお前だが、お前はそれが夢だと思った。そのあと今度は本当に夢を見てそれが本当のことだと思った。もうひとりの者が鹿を見つけ出し、今お前とそれを争っている。だが、彼の妻は夫が他の人の殺した鹿を見つけた夢を見たのだと思い込んでいる。それ故、誰も鹿を殺してはいない。しかし、現にここに鹿があるのだから、いちばんよいのはそれを分け合うことだ」

この一件が鄭の王の耳に達すると、鄭の王は次のように言った。

「で、その判官は今頃一頭の鹿を等分する夢を見ているのではないかな?」

『列子』[*1]（三世紀頃）

＊1――八巻からなる中国の古書。その哲学は『老子』に似て清虚、無為に基づいている。また、『荘子』に似て、巧みな寓話が数多くみられる。

# ペドロ・エンリケス＝ウレーニャの夢

ペドロ・エンリケス＝ウレーニャが一九四六年のある日の明け方に見た夢は、奇妙なことに映像からではなく緩慢な調子の言葉から成る夢であった。それを発する声は彼のものではないのだが、彼の声に似たものであった。声の調子は話の内容からして哀切なものであるべきにもかかわらず、没個性的でごく普通なものであった。夢を見ている間、それはほんの短い時間だったのだが、ペドロには自分が寝室で眠っており、傍には妻がいることがわかっていた。夢の暗闇の中でその声は彼にこう言った。

「数日前の夜だったか、コルドバ通りの街角で君はボルヘスとセビーリャの無名詩人の《おお、死よ、ひそやかに来れ／サエタ[*1]の調べに乗って汝がよく来るように》という祈念の詩について議論していたね。これはあるラテン語の原文を意図的に書き写したものではないかと君たちは推測していた。なぜならそのような転写は当時の慣習に則ったもので、文学的というよりは商業的な色合いの濃い現在の我々の剽窃の概念とは全く無縁なものであったから。君たちが推測しなかったことというか推測できなかったことは、その対話が予言的だったということだ。今から数時間後に、君はラ・プラタ大学へ授業に出かけるためにコンスティトゥシオン駅のホームの最後部に駆けつけることだろう。列車に追いつき、網棚に鞄をのせ、窓際の座席に腰かけるだろう。君の名前はわからないが顔は見知っているある人が、二言三言君に話しかけるだろう。君はそれに返事をしない。なぜなら君は死んでいるだろうから。もうすでに君は奥さんや娘さんたちに永遠の別れを告げていたのだ。この夢は思い出すことはできないだろうよ。なぜなら今述べたことが成就するためには君の忘却が必要だから」

ホルヘ・ルイス・ボルヘス

＊1——宗教的な歌詞をもつカンテ・フラメンコの一種。聖週間に教会及び行列の中で歌われる。

# 夢を見たふたりの男の物語

アラビア人の歴史家アル・イスハークは次のような出来事について述べております。信頼できる人たち（もっとも、ただアッラーのみがすべてをご存じで、強大で慈悲深く、お眠りにならないお方ですが）の語るところによりますと、カイロにひとりの大金持ちがいたとのことです。その男は大変気前がよく物惜しみしない人でしたので、父親から受け継いだ屋敷を除き、すべての財産を失ってしまいました。そして、パンを得るために働かなければならなくなりました。たいへんよく働いたので疲れてしまい、ある夜のこと自分の家の庭のいちじくの木の下で眠り込んでしまいました。すると夢の中にひとりのずぶ濡れの男が現われ、口から金貨をとり出し、彼にこう言いました。「お前の幸運はペルシアのイスファハーンにあるから、それを捜しに出かけなさい」。翌朝早く彼は目を醒まし、長い旅を始めました。砂漠、船、海賊、異教徒、河川、猛獣、さらには人間たちによるさまざまな危険に遭遇しました。やっとのことでイスファハーンに到着しましたが、その町の中に入るとモスクの中央で横になり眠り込んでしまいました。モスクのそばに一軒の屋敷がありました。全能の神の思し召しにより、盗賊の一味がモスクを横切り、その屋敷に押し入りました。眠っていた人たちは盗賊の物音に目を醒まし、助けを呼び求めました。近所の人たちも大声を出したので、その地区の夜警団の隊長が部下を引き連れ駆けつけてきました。そして盗賊どもは屋根づたいに逃げました。隊長はモスクの中を調べようとしてカイロからやって来た男を見つけ出しました。男は竹の棒で息も絶え絶えになるほどまでに叩かれました。二日後彼は牢内で意識を取り戻しました。隊長は彼を連れて来させると次のように尋問しました。「お前は何者で、どこの国の者だ?」男は「私は名だたる都カイロの者で、名前はムハンマド・アルマグリビィと申します」と言いました。隊長は尋ねました。「どうしてペルシアに来たのだ?」男は本当のことを話すことにし、次のように言いました。「ある人が夢の中で、幸運が待ち受けているからイスファハーンに行くようにと私に告げたのです。いざイスファハーンに来てみると、その約束の幸運というのがあなた様からふんだんに頂戴した鞭打ちの刑に違いないということがわかりました」

このような言葉を聞くと、隊長は奥歯が見えるほど口を大きく開けて笑いころげ、そのあとでこう言いました。「騙されやすい間抜けな男ときたものだ。わしなどは次のような夢を三度も見た。カイロのとある家の裏手に庭があり、その奥には日時計がある。その日時計のうしろにいちじくの木があり、そのいちじくの木のうしろに噴水がある。そして、その噴水の下に宝物があるという夢なのだが、そんな嘘っぱちは全然信じてなんかいないよ。だが、お前ときたら、螺馬が悪魔の種を受けて孕んだ子だろう、夢なんか単純にも信じ込んで町から町へと旅をしてきたのだからな。イスファハーンの地でお前の顔など二度と再び見たくない。この金をやるから行ってしまうがいい」

男はお金を受け取ると、故国に帰りました。そして庭の噴水（それは隊長の夢に現われた噴水でした）の下から宝物を掘り出しました。神はこのような祝福を彼にお与えになり、彼に報い、彼を誉め称えられました。げにも神は寛大にして密やかなるお方。

『千夜一夜物語』第三五一夜より

## ユリウス・フロルスへ

むなしい栄光を求めることから、あなたの心は自由であるか？　怒りや死に対する恐怖から自由であるか？　夢、戦慄すべき魔法、妖術、夜の亡霊、テッサリアのうらないをあなたは笑い飛ばすことができるか？

ホラティウス[*1]『書簡詩』第二巻、二より

＊1――クウィントゥス・ホラティウス・フラックス（前六五～前八）。ローマの詩人。『頌歌』、『諷刺詩』、『書簡詩』の著者。

# この世の薔薇

誰が夢想したであろうか？
美が夢のごとく過ぎ去ってしまうことを。
いかなる新たな奇蹟をも予言できぬ、
ただただ悲惨を招くばかりのあの誇り高き
彼女の赤い唇が原因となり、
トロイアは空の高みの陰気な閃光のごとく
消滅してしまった……

ウィリアム・バトラー・イェイツ[*1]

*1――アイルランドの詩人、劇作家（一八六五～一九三九）。アイルランドの文芸復興の代表的な作家。

## 神学

あなた方もご存じのように、私はこれまで各地を旅行してきた。この経験から次のことを確信をもって言うことができる。すなわち、旅はいつも多かれ少なかれ幻影であり、太陽の下には何ら目新しいものなどなく、すべてはみんな同じようなものである等々。しかしまた、逆説めくが、驚嘆や新奇なことなど見当たらないと絶望したりする理由もない。なぜなら実にこの世界は無尽蔵であるから。私の言ったことを確かめるには、私が小アジアの遊牧民たちの間に見出した世にも珍しい信仰を思い起こしてみれば十分だ。彼らは羊の毛皮を身にまとう、古いマギの王国の後継者たちである。これらの人たちは夢を信仰している。「人は眠り込むと」と彼らは私に説明した。「昼間どのような行為を行なったかに従い、天国か地獄に行くことになる」。もし誰かが、「眠っている人が起き出していくなんて見たこともない。なぜなら、私の経験によれば、眠っている人は起こされるまでは横になっているから」と反駁すると、彼らはこう答えるだろう。「何も信じたくないという強い気持があるから、自分の夜のことでさえも忘れてしまい、――でも、楽しい夢や恐ろしい夢を見たことのない人がいるでしょうか?――眠りと死とを混同してしまうのです。夢を見る人にはもうひとつの生があると誰もが証言します。死者にとって証拠は別のものです。死者はそこにいるまで埃と化すのです」

H・ガルロ『世界をめぐりて』(一九一八)より

## 夢うらない

「ウェルギリウスのやり方では我々の意見は一致をみないから、別のしっかりとした、古来からある、本物のうらないの方法を用いることにしよう」とパンタグリュエル[*1]は言った。「私の言うのは夢うらないのことだ。ヒポクラテス、プラトン、プロティノス、イアムブリコス、シネシウス、アリストテレス、クセノポン、ガレノス、プルタルコス、ダルディスのアルテミドロス、ヘロピロス、クイントゥス、カラベル、テオクリトス、プリニウス、アテナイオス等々は、自分たちの課する条件に従い夢を見るならば、魂はいつも未来の出来事を予見するものだと言っている。食べたものをすっかり消化し、肉体が憩い、目覚める時まで何もする必要のない状態の時、我々の魂はその生まれ故郷である天国へと昇っていく。そこで魂は己れの原初の神聖な姿を見せられ、かの無限にして叡知に満ちた天圏（その中心は宇宙のいずこか、すなわち、ヘルメス・トリスメギストス[*2]の教理によれば、神の中に存在する中心点にあり、何ものもその天圏を変え得ず、そこでは何事も起こらない。なぜならば、一切の時間は現在の中で展開されるから）を眺め、下界の過去の出来事だけでなく未来をも知ることになる。そして魂は感覚器官を通じてこれらを肉体に伝達するのだ。だが、それらを受けとめる肉体はもろくて不完全であるから、魂はそれらを正確に伝達することはできない。かくも重要な問題を深く掘り下げる役割を果たすのが、ギリシャ人の中にあっては夢うらない師であり、夢相学者であった。ヘラクレイトスは次のように言っている。すなわち、夢うらないは潜め隠すべきではない、なぜなら、我々の幸不幸について、将来起こるであろう出来事の全貌とその意味あいとを我々に教えてくれるからと。アンピアラオス[*3]は、夢うらないを受けようとする者は三日前からぶどう酒を飲まず、また当日は食物を口にすべきではないと言っている。腹がいっぱいでは心の姿はよく現われないから。

はっとして目が醒める夢はいずれも何か悪いことを意味し、不吉なことの前ぶれである。何か悪いこととは即ち潜伏性の病気のことだ。不吉なことの前ぶれとは、魂にとって何らかの不幸が近づいているということを表わす。ヘカベ[*4]とエウリュディケ[*5]の見た夢とその目覚め方を想起するがよい。アエネアスは亡きヘクトル[*6]と話を交す夢を見、びっくりして目を醒ました。その夜トロイアは炎上し略奪を受けたのだった」

フランソワ・ラブレー[*7]『パンタグリュエル』第二の書（一五六四）より

＊1―ラブレーの『パンタグリュエル』の主人公。ガルガンチュワの息子で、快楽主義の巨人王。
＊2―ギリシャ人がエジプト人の神トートにつけた名。ギリシャ人たちは、魔術、天文学、錬金術に関する数多くの著作を彼に帰している。
＊3―ギリシャのうらない師。
＊4―トロイア最後の王プリアモスの妻。ヘクトル、パリス、カッサンドラ等の母。パリスを生む時、燃木を生み、それがトロイア全市を焼く夢を見た。
＊5―ギリシャ神話で、オルペウスの妻。
＊6―ギリシャ神話で、トロイア王プリアモスの長子。トロイア戦争においてアキレウスに殺される。
＊7―フランスの風刺作家、医師（一四九四頃～一五五三頃）。『ガルガンチュワ』と『パンタグリュエル』の作者。

# SUEÑO

ラテン語の somnus somni, sopor quies のことで、これは心臓から脳へと運ばれてきた体液によって刺激を受け生じる。この体液は冷えると心臓に戻り、その熱をさます。ギリシャ語では（……）ypnos と言い、これがその語源となっている。もっとも、むずかしいために文字を変えているが。昔の人は虚栄心からソムヌス[*1]という名の眠りの神を真しやかに造り上げた。その神はキンメリイ人達の近くに鎮座していたという。オウィディウス[*2]は『転身物語』第十一巻の中でそれを見事に描写している。

キンメリイ人の国の近く、人里離れた所に洞穴がある。このうつろなる山こそ怠惰なるソムヌスの館であり、太陽神ポエボスは空に昇る時も、中央にある時も、沈む時も、決してそこに日の光を投げ入れることができなかった。

夢とその解明かしについて語られるのは、旧約聖書の『ダニエル書』第二章がその始まりである。ネブカドネザル王が恐れ戦きながら夢から目覚めた。夢の幻影はすでに消え失せていた。彼は自分の王宮の博士たちにそれがどんな夢だったのか、また、その夢の意味する所を明らかにするよう求めた。しかし彼らは、「この世の中には王にそのことを示し得る人はひとりもいません」と答え、王を満足させることができなかった。預言者ダニエルは王が賢者たちを殺すよう命じた経緯について知らされたが、彼はネブカドネザル王が知りたく思っていたことを神からの夢にて知ることができた。こうして彼はまず夢がどんなものであるか語り、次にその解明かし、つまり夢判断を行なった。よく用いられている Ni por sueños《夢にも……しない》という言回しはこれに由来するものである。これはあることを否定したり、それを自分の考えから遠ざけたりする時に使われる言葉である。soñolento《夢遊病者》とは眠ったまま歩く人のこと。

セバスティアン・デ・コバルービアス・オロスコ『カスティーリャ語もしくはスペイン語辞典』(一六一一)一九四三年版より

＊1―ローマ神話で眠りの神。ギリシャ神話のヒュプノスにあたる。

＊2―プブリウス・オウィディウス・ナソー（前四三～後一七頃）。ローマの詩人。『転身物語』、『愛の技術』の作者。

# 師の帰還

子供の頃からミグィウル——彼はこういう名前であった——は自分の居るべき所にいないと感じていた。彼は自分が家族の中にあっても、また、村の中にあってもよそ者だと感じていた。夢の中で彼はヌガリのものではない風景を見た。荒涼とした砂漠、フェルト地の丸い天幕、山の中の僧院。目が醒めている時においても、これと同じ映像が現実にベールをかけ、それを曇らせていた。

十九歳の時、それらの形象と一致する現実を見つけたくてたまらなくなり、彼は家出をした。放浪をし、乞食をしたり人夫になったり、時には盗みもした。そして今日国境近くのこの旅籠に着いたのだった。

彼は旅籠、さらにその中庭に疲れきったモンゴル人の隊商とらくだがいるのを見た。門をくぐると、隊商を率いている老齢の修道僧に出会った。その時ふたりはお互いに相手が誰であるかわかった。若き放浪者には、自分が年老いたラマ僧のように思え、また、修道僧がずっと昔自分の弟子であった頃のラマ僧のように見えた。修道僧は青年の中に今は亡き老師の面影を認めた。ふたりはかつてチベットの聖所を遍路してまわり、山の中の僧院に戻ったことを思い出した。彼らは過去を思い出しながら語らった。そして互いに相手の話を遮り詳細を補足し合ったりした。

このモンゴル人たちの旅の目的は彼らの僧院の新しい僧院長を捜すことであった。前の僧院長が亡くなってから二十年が経っており、その蘇生への期待も空しい結果に終わっていたのであった。だが彼らは今日師に出会ったのだ。

夜が明けると、隊商はゆっくりと帰還の旅を始めた。ミグィウルは前世の荒涼とした砂漠、丸い天幕、そして僧院のもとへと帰っていった。

アレクサンドラ・ディヴィッド゠ニール『チベットの神秘主義者と魔術師』（一九二九）より

# 死の宣告

その夜、子《ね》の刻に皇帝は次のような夢を見た。宮殿を出て、暗い庭園の花咲く樹々の中を散歩していた。すると何者かがその足許に跪き、自分の身を守ってくれるよう懇願してきた。皇帝はその願いを聞き入れた。嘆願者は自分が竜であり、星の示すところによれば、次の日夜になる前に、皇帝の大臣である韋成《いせい》に首を切り落とされることになるとのことであった。皇帝は夢の中で彼を守ってあげると誓った。

目を醒ますと、皇帝は韋成を呼んだ。だが彼は宮殿にはいないとのことであった。皇帝は彼を捜し出すよう命じ、竜を殺させないように一日中ずっと仕事につけさせておいた。夕暮れ近くに、皇帝は彼に象棋《しょうぎ》を一局やろうと提案した。勝負は長くかかり、大臣は疲れて眠り込んでしまった。

大音響が大地を揺がした。しばらくしてふたりの近衛兵が血まみれの巨大な竜の首を持ってやってきた。彼らはそれを皇帝の足許に投げ出すと、次のように大声で言った。

「天から降ってきたのでございます」

その時目を醒ました韋成は、当惑した様子でその首を見て、こう言った。

「なんたる不思議なこと。今私はこのような竜を殺した夢を見たところだ」

呉承恩[*1]（一五〇五頃～八〇頃）

＊1—中国の江蘇省淮安出身の明朝の役人、作家。有名な『西遊記』は彼の作とされている。

# 一九五八年五月十二日

柔和な微笑みが五十二歳の母の顔を美しくしていた。ペドロ・エンリケス＝ウレーニャが亡くなってから満十二年が経っていた。私たちは彼の思い出話をし、母は一九四六年に私に言ったことを繰返した。「お前はまだ若いから、あのお方を失ったことは償いようのないことでしょう。でも、偉大な先生の思い出は決してお前から消えることはないよ」。私は寝室の中を行ったり来たりしていた。母の目は私から離れなかった。彼女は激しい心臓の痛みにさいなまれていたが、決して疲れを訴えたり泣き言を漏らしたりすることはなく、また、私たちにとって母は団結と生の源泉であった。暇乞いをすると、両手で私の両手を摑み、こう言った。「やけなど起こしたりしないでね」。私はこの言葉の意味を考えながら眠った。夜、夢を見た。首都とラプラタ市でいくつかの用事を済ませるという内容のものであった。そして、何故だか訳がわからなかったのだが、それらの用事は私を悲しい気持にさせた。翌朝私は母が死んだという知らせを受け取った。急いでマイプーに近いビアモンテ通りのアパートに駆けつけた。そのような悲しい状況にふさわしい最初の準備がすでにとり行なわれていた。ひとしきり悲嘆にくれたあとで、私はある確信をもって母の小机の抽斗を開けた。案の定、そこには母が前日に乱れのない整った英語で書いた手紙が入っていた。その中で母は、ブエノスアイレスとラプラタの両市でいくつかの用事を済ませてくれるように私に求めていた。まさしくそれは私が夢で見た用事であった。

ロイ・バーソロミュー

# 説明

ある男が、目覚めている時はもうひとりの男のことをよい人だと思い、全幅の信頼を寄せているのだが、夢の中ではその友人が仇敵となって現われ、彼の心をかき乱す。遂には夢に現われた方の性格が本物であることが明らかになる。現実を本能的に知覚する力、これがその説明となろう。

ナサニエル・ホーソーン[*1]『ノートブックス』(一八六八)より

＊1――アメリカの小説家(一八〇四～六四)。『緋文字』、『七破風の家』の作者。

# 『夢の本』について

ボルヘスの主要な創作ジャンルは詩、短編、エッセーであるが、彼はこれらのジャンルの作品と共に、これまで十冊近いアンソロジーを刊行してきている。そして、そのほとんどはビオイ＝カサーレス、エンリケス＝ウレーニャ、シルビーナ・オカンポ等との共同編集である。その中には、すでに邦訳の出ている二作品『ボルヘス怪奇譚集』（*Cuentos breves y extraordinarios*, 1955）と『天国・地獄百科』（*Libro del cielo y del infierno*, 1960）、さらに『幻想文学選集』（*Antología de la literatura fantástica*, 1940）、『探偵小説選集』（*Los mejores cuentos policiales*, 1943）、『フランシスコ・デ・ケベードの散文と詩』（*Prosa y verso de Francisco de Quevedo*, 1948）などがみられる。その中にあって『夢の本』（*Libro de sueños*）は刊行が一九七六年と比較的新しく、また、ボルヘスの単独編集のアンソロジーである。

ここで、ボルヘスが自作の刊行と平行して、なぜこのように他の作家たちのアンソロジーを数多く編んできたかについて考えてみよう。

周知のように、ボルヘスは数知れぬ英書を収めた書庫の中で過ごした少年時代から、アルゼンチンの国会図書館長の職にあった時代に至る長い年月の間、書物をその唯一無二の友とし、書くことと比べて「地味で目立たないが、しかしより知的な行為」(『悪党列伝』序文)である読書をこよなく愛してきた。そして、このような生活の中で、古今東西の無数の著作に親しみ、かつこの豊富な読書体験を通じて、彼独自の(というよりも伝統的、かつ古典的なと言った方がよいのかもしれない)文学観を持つに至った作家である。

ボルヘスは『続審問』(*Otras inquisiciones*, 1952)の「コールリッジの花」の中で、「過去・現在・未来のあらゆる詩は、世界中のすべての詩人が作り上げたひとつの無限の詩の挿話もしくは断章である」というシェリー、「この世のすべての書物はひとりの人によって書かれた」とするエマーソン、さらに、「文学の歴史は、作家たちの歴史であったり、彼らの人生における偶発的事件の歴史であったり、その作品の年代順の羅列であったりしてはならず、文学の生産者もしくは消費者としての《精神》の歴史であるべきだ」とするポール・ヴァレリーの文学観を紹介している。彼はすでに『伝奇集』(*Ficciones*, 1944)中の短篇「トレーン、ウクバール、オルビス・テルティウス」の中で、「書物に署名するのはおかしなこと。剽窃の観念は存在しない。すなわち、あらゆる作品が非時間で無名の唯一の作者の作品であることが定められた」(傍点訳者）と書いて、先の作家たちと同一の見解を表明している。

このような文学観に立脚するならば、文学作品の著者たちのすべては、非時間的で、無名の唯一の作者、即ち超人間的な《精神》の代弁者ということになり、彼らは長い人類の歴史を通じて「この不滅もしくは長命なるものの意図」（「コールリッジの夢」）を繰返し代弁してきたし、これからも代弁していくことになる。それ故に、アンソロジーという形式は、それがある特定のテーマについて編まれた場合、種々雑多なものの寄せ集めという見かけの体裁にもかかわらず、そのテーマについての時空を超えた、より統一的かつ普遍的な観念を呈示できることになり、ボルヘスがこの形式を好んで用いるのも首肯ける。

『夢の本』においてボルヘスは、世界最古の物語のひとつ『ギルガメシュの物語』を最初に置き、続いて旧約・新約両聖書からの抜粋、さらにギリシャの叙事詩、古代ローマの作家たちの作品というように、（二番目は十八世紀中国の『紅楼夢』からの抜粋ではあるが）初めは概ね通史的な編集を行なっている。しかし、すぐにばらばらな構成になり、現代と過去の作家たちの作品が入り乱れるようになる。だが、先に引用したポール・ヴァレリーの、文学の歴史は作品の年代順の羅列であってはならないという見解を自らのものとするボルヘスにとってみれば、これはごく自然な編集方法と言うことができよう。

さて、ここで『夢の本』に少し具体的に触れることにしよう。本書には「すべての文学ジャンルの中で最も古くて複雑なジャンルをつくり上げている」（「序文」）《夢》に関する古今東西の作品もしくはその断章百十三編が収められている。この中にはボルヘス自身の作品も十編ほど含まれているが、《夢》が《無限》、《鏡》、《虎》、《迷宮》、《円環》等と並んで、ボルヘスの主要な文学的モチーフであり、彼自身《夢》をテーマとした作品をこれまで数多く書いてきていることを考えれば、これはごく当然なことである。

これら百十三編の中では、夢に関する古今の考察もしくは解説、及び予言的な夢の記述が多く目につく。

前者は、『オデュッセイア』、『アエネイス』中の「ふたつの扉」的発想、即ち、夢を予言的な夢といつわりの夢とに分ける考え方、プラトン、聖アルベルトゥス、ルクレティウス、アルフォンソ賢王、コバルービアス等の、先の古典的発想の展開もしくは敷衍、さらには夢についての科学的考察などがみられる。この種の記述の中で最も注目に値するものは、ジョーゼフ・アディソンの「夢について」、ボルヘスの「コールリッジの夢」、ポール・グルーサックの「夢うつつ」の三作であろう。アディソンの、夢を見ている時「精神は己れ自身の劇場であり、俳優であり観客でもある」という発想、クビライの夢とコールリッジの夢における宮殿の建設に言及した後で、それらの夢の類似が超人間的な執行者のある計画性を推測させるというボルヘスの考え方、さらに、グルーサックの悪夢と夢遊病についての実証的考察を読んだ後、夢に関する知識が豊富なものとなり、かつ啓発されたと感じるのは訳者だけではないだろう。

次に予言的な夢についてだが、本書冒頭部の旧約・新約両聖書からの抜粋はすべてこれである。ボルヘスは「序文」の中で、「聖書に出てくる夢は、夢のスタイルをなしていない。それらはあまりに統一的な方法で隠喩のメカニズムを操作している預言である」と述べている。これらの夢は別の観点からすれば興味深いのだろうが、「眠っている人間の偶発的な創作であるいつわりの夢」（「序文」）のすばらしさには及ばない。

本書にはこれらの他にもさまざまな夢が集められているが、以下、特に訳者の関心をひいた作品について簡単に触れてみたい。

《夢の中の存在》を扱った作品がいくつかある。「病める騎士の最後の訪問」と「夢の中の存在」では、夢の中の人物がちょうどウナムーノの『霧』の主人公アウグストのように、夢を見る人（作者）の手から離れ、自分の意志で動き回っている。人間自体を《夢の中の存在》とし、我々の生を何か別の存在が見ている夢に喩える発想も興味深い。キャロルの「あんたは夢の中の人間。だから、その王様が目を醒ましたら、あんたはろうそくのように消え失せてしまうのさ」（「王の夢」）がそれを見事に表わす記述と言えよう。これはまたボルヘスの《人生》観でもあり、彼自身「悪夢」、「白鹿」、「アロンソ・キハーノ、夢を見る」三作の中でこのテーマを扱っている。また、《自分の死の夢》を扱った作品もいくつかある。そこでは当然自分の死をもうひとりの自分が観察するという形をとるわけだが、目覚めた時に記憶に残っていれば、戦慄すべき悪夢（「よくあること」、「ある大統領の死」、「メラニアの夢」）になったり、あるいは、自らの死期を悟る夢（「孔子、己れの死の夢を見る」）になったりする。また、ボルヘスが偉大な旧友の死にヒントを得て創作した「ペドロ・エンリケス＝ウレーニャの夢」は、その奇抜な着想が大変面白い。

スペインの黄金世紀の作家ケベードの「最後の審判の夢　もしくはされこうべの夢」は、《風刺的な夢》である。これは「決して夢を見たことのない人」（「序文」）による、夢の形式を用いての社会批判の作品である。実に多種多様な職業の人たちが辛辣さとユーモアの入り交じった筆致で断罪されているが、この様を実際の夢で見ることができたらさぞかし痛快なことであろう。

本書中にはまた、《ボルヘス的な作品》もある。『紅楼夢』からのふたつの断章「宝玉の果てしない夢」、「風月の鏡」がそれである。前者は《無限》、《円環》、後者は《鏡》をモチーフにした作品とみなすことができ、この東洋の文学からの断章を読んで、それらがまるでボルヘス自身の文章であるかのような印象を覚えるのは訳者だけであろうか。また、エッサ・デ・ケイロースの「塔の郷士の見た夢」を読むと、それが何となくボルヘスの自伝であるかのような思いに囚われる。主人公ゴンサーロの姿に、「父も祖父も祖父の父もそれぞれ勇敢」（リチャード・バーギン『ボルヘスとの対話』）であったにもかかわらず自分は勇敢ではないというボルヘスの姿がダブるからだ。

このような書き方をすると、文学の没個性を説く先のボルヘスの文学観と矛盾するようであるが、その反対で、このことは逆に、数多くの文学作品の類似性を実証することになろう。

ボルヘス自身の作品「ウルリケ」、「ラグナレク」、「敵のエピソード」は読後感の爽快な作品である。いずれも夢そのものの記録とでも呼ぶべき小品であるが、これらを読むと、ボルヘスがアントニオ・マチャードの言う「名だたる神の贈物」を存分に受けている作家であることがわかる。

以上『夢の本』の中の興味深いいくつかの作品について思いつくがままのことを書いてきた。読者諸氏の想像力の自由な飛翔を妨げるものにならなければ幸いである。

*

本書は Jorge Luis Borges : *Libro de sueños*（*Torres Agüero Editor, Buenos Aires*, 1976）の全訳である。

翻訳に当たっては、勤務先の同僚、先輩諸氏に、ある時はヘブライ語、またある時はアラビア語、さらにペルシア語、中国語、ポルトガル語、イタリア語、ラテン語、ルーマニア語、ドイツ語、英語、北欧語等について、一単語の読み方に始まり一段落の意味内容に至るまでの様々な教えを請うた。この場を借りて心から謝意を表したい。また、勤務先が外大だからこの種のアンソロジーの翻訳に何かと便利であろうと、ラテンアメリカ文学とはあまり関わりのない訳者にこの仕事の機会を与えて下さった鼓直先生、更に国書刊行会編集部の方々、特に長い期間にわたり色々とお世話頂いた千早和子さんに深く感謝する。

本書翻訳の過程で、原書からの直接訳を参照すべく、大学図書館の書庫の中の、ふだんはほとんど訪れることのない聖書関係の書架、ギリシャ・ラテン文学、英米文学、フランス文学、ドイツ文学等の書架をしばしば訪れた。薄暗く、埃っぽく、息苦しく、また異様な匂いの漂う場所ではあったが、ボルヘスが生涯のほとんどを通じ自らの世界としている書物だけの小宇宙を、短い期間ながら共有できたことは、忘れられない思い出となるであろう。

一九八三年七月

堀内研二

# 解説　秩序と混沌

谷崎由依

面白い話や不思議な話をしたあとで、「という夢を見た」と付け加えると、「なんだ、夢か」と応えるひとがいる。夢の話は詰まらない、と言うひとも。ほんとうにあったことではないから、というのがその理由だ。

かくして夢は現実との二元論で語られ、影の側に片付けられて追いやられてしまう。けれどもそんなに単純なことだろうか。ひとたび夢の内側をひらいてみれば、そこにあるのは混沌と絡みあった、複雑きわまりない何かだ。

本書『夢の本』には、楔形《くさびがた》文字で粘土板に刻まれた世界最古の叙事詩ギルガメシュの物語にはじまり、古今東西の夢についての逸話が収集されている。詩、小説、理論など、そのジャンルは多岐にわたり、ボルヘスの読書領域の広さにいつものことながら目を瞠《みは》る。百以上の断片は、目次にも文頭にも署名はなく、出典はそれぞれの末尾に付されているので、読みはじめは誰のものかわからない。すべての書物はただひとりの作者の手によるものである、という「トレーン、ウクバール、オルビス・テルティウス」のトレーンの思想（それはボルヘスの思想でもあるだろう）が垣間《かいま》見えるのだが、読んでいると幾つかのモチーフが浮かびあがってくる。

もっとも顕著なのは、誰かに夢見られている人物、というモチーフだ。「病める騎士の最後の訪問」は、叢書「バベルの図書館」のパピーニの巻にも収められており、ボルヘスの思い入れが窺える。これは青白い顔をして病気がちだと皆に思われている男が、姿を消す前に語り手のところへやってきて、自分は夢のなかの人物でしかない、と告白する短篇である。「私（たち）は夢がつくられているものと同じものでできている」というシェイクスピアの言葉は、まさに自分のことであると彼は言う。『テンペスト』でプロスペローが口にするこの有名な台詞《せりふ》は、ポール・グルーサックの夢論でも引かれている（ところで『テンペスト』といえば、島が見せてくれる夢のことをキャリバンが語るくだりがとても好きだ。何千もの楽器を奏するような綺麗な音色が聞こえて、雲の切れ間から宝物が降ってきそうで、目が覚めると夢に戻りたくて泣いてしまう、という台詞。本アンソロジーには入っていないので、ここにこっそり、勝手に付け加えておく）。

『鏡の国のアリス』には、アリスがトゥイードゥルダムに、きみは赤の王が見ている夢のなかの人物だ、と告げられるくだりがあるが、この会話をエピグラフとしているのが『伝奇集』に収録された「円環の廃墟」だ。川べりにあらわれた人物が、かつて火の神を祀った神殿の廃墟でひたすら夢を見ることにより、ひとりの若者を創造する。幾度も失敗し、時間をかけ、ひとつひとつをゆっくりと夢に見、やがては生み出すことに成功する。夜の暗さと炎の赤色の対比も鮮やかで、ゴーレム神話にも通じる創造の物語でもある。ボルヘスそのひとの作品も、ほかの作者のものと分け隔てなくならべられている本書に、夢にまつわる傑作である「円環の廃墟」が入っていないことを奇異にも感じるが、あるいはあまりに完成されすぎていて、または夢についての思想が凝縮されすぎて（それとも創作の側に寄りすぎて？）いるからかもしれない。その代わりというわけでもないだろうが、ボルヘスにしてはめずらしく一夜の恋を描いた短篇「ウルリケ」が収められていることが何か示唆的でもある。

　誰かに夢見られている人物というモチーフの変奏が、『紅楼夢』の「宝玉の果てしない夢」や、「意識と無意識」でユングが見たとされている夢の、夢のなかで自分とおなじ姿の者を見つけ、そのうえで自分はその者の見ている夢だと知らされる、というものだろう。夢見る者／夢見られる者という二項のあいだをひらひらと、まさしく荘子の蝶のようにイメージは移ろってゆく。

　自分は誰かの見ている夢にすぎないという夢は、「我々は我々自身の実質で我々の夢を織り上げている」というグルーサックの謂《い》いに従えば、自己同一性の揺らぎや不安をあらわしていると言えそうである。ボルヘス自身、そうしたものを抱えていたことは、「ボルヘスとわたし」をはじめとする幾つかの作品から窺える。

また七十八歳のときにブエノスアイレスで行った講演録『七つの夜』には、「悪夢」という章があり、そこでは鏡と仮面の悪夢をよく見ることが語られている。鏡に映った自分の姿を見ると、仮面をつけている。その仮面を外すのが怖い、なぜなら自分のほんとうの顔を見るのが怖いから、だという。ほかに迷宮の夢もよく見るということで、それはミノタウロスの住むクレタ島の迷宮らしい。本アンソロジーのなかの、北欧の昔のいかめしい王が夢枕にあらわれる詩についても言及されていて、実際に見た夢だということだ。この講演録には夢についての考えが余すところなく述べられており、『夢の本』を総括するのにちょうどよい。

そこでも語られているし、本書の序文でも言われていることだけれど、まつりごとに生かされた夢、すなわち聖書の抜粋に見られるような「予言的な夢」――「角《つの》の扉」を通ってやってくる夢は、「象牙の扉」を通ってくる夢に較べると、整序されていて意味づけがしやすく、面白みに欠ける。とはいえそうした逸話は、夢の解き明かしが古代においていかに重要だったかを物語る。夢はただの空想、絵空事と片付けてしまえるものではなかった。じつのところは近現代でもおなじで、リンカーンは暗殺される数日前に予知夢を見ていたし、宰相ビスマルクもボヘミアでの勝利を夢で予見していたことがわかる。アメリカ先住民のポンティアック蜂起のきっかけはフランス国王の夢だったし、石油を国有化したモサッデクも夢のお告げに従った。歴史の動く局面で、かくも重要な役まわりをしてきたのかと、見えざるおおきな何かの存在を夢の向こうに感じたくもなる。

「夜の芸術」すなわち夢は、「昼の芸術の中に入り込んでいった。侵略は幾世紀にもわたり続いた」という序文の言葉は、トレーンの現実への侵入を思い起こさせる。また夢とは一般に個人的なものであり、それが他者と共有されていたとわかるときも、やはり人知を超えたものの存在を感じさせられる。たとえばコールリッジの夢がそうだ。詩人はうたた寝に、フビライ汗の建てた王宮についての詩を夢に見た。起きてそれを書き留めていたが、来客により中断され、その後は二度と思い出すことができなかった。ボルヘスはそこで、かのフビライ自身、夢にもとづき王宮を建てたことに注意を促すのである。フビライとコールリッジの夢には一貫性があり、それはこれらの夢が彼らのものではなくて、《永遠客体》なるものがこの世界に入り込んでいることの証左かもしれない、と結んでいる。

コールリッジに関して付け加えておくと、「証し」についてボルヘスは、「愛のしるしに一輪の花を求める、大昔から恋人たちに共通して見られた古い考え」が背景にあると指摘している（『続審問』所収、「コウルリッジの花」）。つまり夢で受け取ったその花は、夢との蜜月のしるしなのだと。

以上、主に夢のかたちについて追いながら述べたけれども、そうした型では語りきれない、過剰なイメージの横溢《おういつ》にこそ本書の魅力はあるようにも思う。ベルトランによる幻想詩『夜のガスパール』にあらわれる水の精、ケベードによる「最後の審判の夢」もしくはされこうべの夢」の、風刺の効いた騒がしさ。「魂と夢と現実」の、フレイザーにより収拾された熱帯の夢たち。そしてボルヘスの「ラグナレク」の、神々の聖性が腐ってゆくさま。

『エル・アレフ』所収の「不死の人」を最後に思い出しておきたい。エリアーデの『永遠回帰の神話』から、聖所についてのくだりが『夢の本』には抜粋されており、天に原型を持つその聖所は、「不死の人」で語り手が夢に見る迷宮を彷彿とさせるけれど、実際に彼が辿り着く宮殿は、まったくの混沌なのである。

ボルヘスというひとは、二十世紀でもっとも明晰な頭脳でもって、もっとも夢幻的なものに取り組み続けた文学者ではないだろうか。ひじょうに秩序だって見える彼の思考は、『言葉と物』の序文でフーコーが「中国の百科事典」（『幻獣辞典』所収）を引いて言ったような、秩序とは真逆の混在郷《ヘテロトピア》に向けられ続けていたように思う。夢もまた二元論で語り得るかに見えて、じつはまったくそうではなく、その意味でもこの書き手にきわめて相応《ふさわ》しいテーマだ。

そのボルヘスを読みふけっていた学生時代、わたしも夢日記を付けていた。昼間は眠ってばかりいて、生活というものが希薄だったので、夢のなかでの出来事のほうが現実味を帯びていた。金色に輝く巨大な伽藍《がらん》や、部屋いっぱいに張りめぐらされた蜘蛛の巣に搦《から》め取られた女のこと。波打ち際が部屋の床からずっと広がっていることもあった。当時の日記には夢のことばかりが何ページにもわたって書かれている。ほかのひとが見た夢の話を聞くことも好きだった。けれどそれから長い時間が経ち、このごろでは曲がりなりにも外で働いたりしており、夢は夢と割り切って暮らしていることが、ときどき寂しくも思われる。このようなことでよいのだろうか、むしろ堕落ではないのかとも。

そんな折、『夢の本』を読み返すと、ほらやっぱり、という気持ちになる。夢は現実の影なんかではない。蔑《ないがし》ろにしていると、いつかきっと痛い目に遭う。そんな気がしてくるのである。

（作家）

本書は、一九八三年九月に国書刊行会より刊行された『夢の本』（世界幻想文学大系第四三巻、一九九二年一〇月新装版）を文庫化したものです。

夢《ゆめ》の本《ほん》

二〇一九年 二月二〇日 初版発行
二〇二一年一〇月三〇日 2刷発行

著　者 J・L・ボルヘス
訳　者 堀内研二《ほりうちけんじ》
発行者 小野寺優
発行所 株式会社河出書房新社
〒一五一―〇〇五一
東京都渋谷区千駄ヶ谷二―三二―二
電話〇三―三四〇四―八六一一（編集）
〇三―三四〇四―一二〇一（営業）
https://www.kawade.co.jp/

ロゴ・表紙デザイン 粟津潔
本文フォーマット 佐々木暁
本文組版 株式会社キャップス
印刷・製本 中央精版印刷株式会社


Printed in Japan ISBN978-4-309-46485-5

## ブレストの乱暴者

ジャン・ジュネ　澁澤龍彥〔訳〕　46224-0

霧が立ちこめる港町ブレストを舞台に、言葉の魔術師ジャン・ジュネが描く、愛と裏切りの物語。“分身・殺人・同性愛”をテーマに、サルトルやデリダを驚愕させた現代文学の極北が、澁澤龍彥の名訳で今、甦る!!

## 花のノートルダム

ジャン・ジュネ　鈴木創士〔訳〕　46313-1

神話的な殺人者・花のノートルダムをはじめ汚辱に塗れた「ごろつき」たちの生と死を燦然たる文体によって奇蹟に変えた希代の名作にして作家ジュネの獄中からのデビュー作が全く新しい訳文によって甦る。

## フィネガンズ・ウェイク 1

ジェイムズ・ジョイス　柳瀬尚紀〔訳〕　46234-9

二十世紀最大の文学的事件と称される奇書の第一部。ダブリン西郊チャペリゾッドにある居酒屋を舞台に、現実・歴史・神話などの多層構造が無限に浸透・融合・変容を繰返す夢の書の冒頭部。

## フィネガンズ・ウェイク 2

ジェイムズ・ジョイス　柳瀬尚紀〔訳〕　46235-6

主人公イアーウィッカーと妻アナ、双子の兄弟シェムとショーンそして妹イシーは、変容を重ねてすべての時代のすべての存在、はては都市や自然にとけこんで行く。本書の中核をなすパート。

## フィネガンズ・ウェイク 3・4

ジェイムズ・ジョイス　柳瀬尚紀〔訳〕　46236-3

すべての女性と川を内包するアナ・リヴィア＝リフィー川が海に流れこむ限りなく美しい独白で世紀の夢文学は結ばれる。そして、末尾の「えんえん」は冒頭の「川走」に円環状につらなる。

## なしくずしの死 上・下

L-F・セリーヌ　高坂和彦〔訳〕　46219-6 46220-2

反抗と罵りと怒りを爆発させ、人生のあらゆる問いに対して〈ノン！〉を浴びせる、狂憤に満ちた「悪魔の書」。その恐るべきアナーキーな破壊的文体で、二十世紀の最も重要な衝撃作のひとつとなった。

## 食人国旅行記

マルキ・ド・サド　澁澤龍彦〔訳〕　46035-2

異国で別れた恋人を探し求めて、諸国を遍歴する若者が見聞した悪徳の国と美徳の国。鮮烈なイマジネーションで、ユートピアと逆ユートピアの世界像を描き出し、みずからのユートピア思想を体現した異色作。

## 夢の宇宙誌

澁澤龍彦　40800-2

自動人形、遊戯器械、怪物、アンドロギュヌス、天使、そして世界の終わり……多様なイメージに通底する人間の変身願望や全体性回復への意志、大宇宙と照応する小宇宙創造への情熱などを考察した傑作エッセイ！

## 幻想の彼方へ

澁澤龍彦　40226-0

レオノール・フィニー、ルネ・マグリット、バルテュス、ハンス・ベルメールなど、偏愛するシュールレアリストたちの作品世界に遊びながら、その特異な幻想世界を解剖するイメージ・エッセイ集。

## ロビンソン・クルーソー

デフォー　武田将明〔訳〕　46362-9

二十七歳の時に南米の無人島に漂着した主人公が、自己との対話を重ねながら、工夫をこらして農耕や牧畜を営んでいく。近代的人間の原型として、多様なジャンルに影響を与えた古典的名作を読みやすい新訳で。

## ツァラトゥストラかく語りき

フリードリヒ・ニーチェ　佐々木中〔訳〕　46412-1

あかるく澄み切った日本語による正確無比な翻訳で、いま、ツァラトゥストラが蘇る。もっとも信頼に足る原典からの文庫完全新訳。読みやすく、しかもこれ以上なく哲学的に厳密な、ニーチェ。

## 喜ばしき知恵

フリードリヒ・ニーチェ　村井則夫〔訳〕　46379-7

ニーチェの最も美しく、最も重要な著書が冷徹にして流麗な日本語によってよみがえる。「神は死んだ」と宣言しつつ永遠回帰の思想をはじめてあきらかにしたニーチェ哲学の中核をなす大いなる肯定の書。

## 神曲 地獄篇

ダンテ　平川祐弘〔訳〕　46311-7

一三〇〇年春、人生の道の半ば、三十五歳のダンテは古代ローマの大詩人ウェルギリウスの導きをえて、地獄・煉獄・天国をめぐる旅に出る……絢爛たるイメージに満ちた、世界文学の最高傑作。全三巻。

## 神曲 煉獄篇

ダンテ　平川祐弘〔訳〕　46314-8

ダンテとウェルギリウスは煉獄山のそびえ立つ大海の島に出た。亡者たちが罪を浄めている山腹の道を、二人は地上楽園を目指し登って行く。ベアトリーチェとの再会も近い。最高の名訳で贈る『神曲』、第二部。

## 神曲 天国篇

ダンテ　平川祐弘〔訳〕　46317-9

ダンテはベアトリーチェと共に天国を上昇し、神の前へ。巻末に「詩篇」収録。各巻にカラー口絵、ギュスターヴ・ドレによる挿画、訳者による詳細な解説を付した、平川訳『神曲』全三巻完結。

## デカメロン　上

ボッカッチョ　平川祐弘〔訳〕　46437-4

ペストが蔓延する14世紀フィレンツェ。郊外に逃れた男女10人が面白おかしい話で迫りくる死の影を追い払おうと、10日の間語りあう100の物語。不滅の大古典の全訳決定版、第１弾。

## デカメロン　中

ボッカッチョ　平川祐弘〔訳〕　46439-8

ボッティチェリの名画でも有名なナスタージョ・デリ・オネスティの物語をはじめ、不幸な事件を経てめでたく終わる男女の話、機転で危機を回避した話など四十話を収めた中巻。無類の面白さを誇る物語集。

## デカメロン　下

ボッカッチョ　平川祐弘〔訳〕　46444-2

「百の物語には天然自然の生命力がみなぎっていて、読者の五感を楽しませるが、心の琴線にもふれる。一つとして退屈な話はない」（解説より）。物語文学の最高傑作の全訳決定版、完結編。